的
~Love恋~
聲優王子
02
END

Sorry!

向小葵
個子嬌小、外貌清新可愛的天然女孩。因萌上陛下的聲音，一頭栽進了網路配音的世界，聲優名為「花小葵」，暱稱「花魁」，擅長少女音，是廣播劇圈子裡的新起之秀。現實生活中成為厲清北的女朋友，她自覺要與偶像陛下有段距離了，然而此時，蜀黍的身邊出現了陌生女子……

厲家三少爺，剛從國外回來便遇到向小葵，對她由一開始的彌補心理慢慢進展到喜歡，甚至相當寵溺。雖然很高興向小葵願意與自己交往，但卻不敢對向小葵坦白自己即是她心心念念的偶像陛下「溫不語」。

程　綠

向小葵的室友兼姐妹淘，擔任廣播劇社的策劃人員，相當有主見，也很毒舌。對感情非常執著，敢愛敢恨。從少女時代就暗戀著大她八歲的謝慕堯，可惜屢屢告白，屢屢被拒。當分離多年的兩人再次相遇時，面對謝慕堯一再的討好與逼近，程綠的選擇是？

謝慕堯

曾經是電視臺主播，目前是T大客座教授，厲清北的好友。實則是擅長公子音的網路配音大神「謝微塵」，現代劇、古風劇樣樣行。他個性溫潤如玉，對愛情有些優柔寡斷。過去因年齡差距而不斷拒絕程綠的告白，對此他相當懊悔。

第一章

吃過藥後，向小葵打了飯店櫃檯的電話，所幸飯店有個二十四小時的醫務室，簡單的消炎包紮還難不倒這裡的醫生。

等全部都折騰完，已經深夜一點了。

厲清北被向小葵強迫躺在床上休息，而她則是隨手拿來一本書，坐在床邊心不在焉的翻看。不一會兒，藥效起了作用，她聽到男人逐漸規律的呼吸聲，這才闔上手中的天書。

這一天過得……真是心驚膽戰啊！不只蜀黍為了救她而受傷，他們的關係還因此有了質的飛躍。

一想起自己竟然大著膽子向一個男人表白，她就覺得很不可思議。

但因為那個人是厲清北，她又好像一點都不意外。

此時，厲清北睡得很熟了。他仰躺在King Size的大床上，黑濃的髮陷入枕頭裡，被子鬆垮的搭在胸前的位置，一隻手輕鬆的垂放在被角，修長的手指骨節分明，指甲圓潤乾淨。窗外昏暗的光線從窗簾的縫隙傾灑而下，將他整個人都籠罩起來，朦朦朧朧的意境，很像是童話書中沉睡的男主角。

在向小葵平凡的生命中，從未出現過像他這樣的人，成熟大氣，有魅力，而且事業有成，是那種向任何人說起都會得到聽者一聲驚嘆的人物。

自己喜歡上他，應該是順理成章的事情。可是他為什麼會對她有好感，向小葵怎麼想都想不通。蜀黍的身邊，一定有很多漂亮又優秀的女孩子吧？

想到這，向小葵皺了皺眉頭，才剛剛正式交往不到二十四小時，怎麼就開始患得患失了？

「唉……」向小葵托著腮輕嘆一聲。

蜀黍如果不是那麼厲害，如果能再平凡一點點的話，就不會讓她覺得那麼遙不可及了吧……

隔天，厲清北醒來的時候，沒見到向小葵的人影，「難道偷偷跑到外面休息了？」

男人扒了扒短髮，消散幾分睡意。隨後一隻手撐起身，另一隻手拿來床頭的手機看了一眼時間，薄被同時滑落至腰間。

他睡了整整九個小時嗎？好像自從這個月接下兩個專案之後，再也沒安安穩穩的睡過這麼久了。

不過，那丫頭是什麼時候離開的？

想到向小葵，第一反應總是不放心，厲清北顧不上多休息一會兒，掀開被子就要下床，可腳還沒有踩到地上，卻先碰到了軟軟的未知物體。他揚眉，垂眸一看，立刻做出哭笑不得的表情。

椅子擺在距離大床不遠的地方，而被他認為消失了的向小葵，此刻就躺在床下的地毯上，睡得正香甜！

厲清北嘴角微微抽搐了一下，似是想像到她睡著後，不小心從椅子上滾到地上時的姿態。

「竟然還能睡得這麼死，真是夠了……」就知道一時一刻都不能對這個丫頭掉以輕心。

這邊的地毯都被向小葵優美的睡姿占住了，厲清北只得從另一側下床，繞著床走過來，彎腰，避開手腕上的傷口，將她從地上抱起來。重量比想像中的還要輕上許多，難怪沒從她口中聽到減肥這類的字眼。

厲清北剛小心翼翼的將向小葵放在床上，想替她蓋上被子，而睡得迷迷糊糊的向小葵倒是很自覺，先在床上滾了一圈，然後熟練的將被子抱到懷裡，一條腿還大剌剌的橫在被子上。

整個過程中，這位大小姐都還沉浸在睡夢中，絲毫清醒的跡象都沒有。

厲清北站在床邊，有點目瞪口呆，女孩子睡相這麼差的，也就只有她了吧？

他無奈的搖了搖頭，心裡卻一直在笑，甚至還俯身用完好的那隻手掐了掐她的臉蛋，果然得到她極為可愛的反應——嘛著嘴巴喃喃著什麼，一面揮蒼蠅似的拍開他的手。

他又逗了她一會兒，最後怕把她弄醒才不情不願的收手。

厲清北嘴角的笑意從未消失過，在遇到她之前，他都不知道自己也會這麼幼稚，這麼惡趣味的以折磨人為樂。他已經越來越期待，未來有她的生活了。

★　★※★※★※★　★

厲清北的燒在第二天就退了，傷口癒合的情況也不錯，第五天，一行人搭機回國。

飛機落地後，幾個人在機場分道揚鑣。厲清北推著行李車，向小葵跟在他的身後。出口外面，公司派來的司機看到厲清北，立刻迎上來將他們的行李放進後車箱。

「妳要回學校嗎？」剛坐上車，厲清北問她。

向小葵先是一怔，隨即臉蛋泛上紅潤，記起那天早上她在厲清北的床上醒來後，接下來幾天就一直被男人半強迫的和他同床而眠，雖然他的理由是要她隨時照看他不方便的手，而且這幾天也沒做什麼過分的事，但就是……發展太快啦！

另外，厲清北還控訴她睡姿不好，說她總是半夜往他的懷裡鑽，搞得她都不敢睡覺了。不過，她總是強撐最多半個小時，就什麼都不知道了，第二天一早，永遠都是在他懷裡醒來的。

難道，她的心裡暗藏了一個小色魔，對蜀黍這種極品的男色忍不住就要上下其手？

可素，占便宜的時候她完全不知道啊！她唯一知道的，就是每每一睜開眼睛，看到蜀黍彷彿良家婦女被惡霸欺負後那可憐的小眼神，她心裡都會有一萬匹神獸呼嘯而過……

她真的不是色！情！狂！啊！

最後，厲清北還是把向小葵送回了學校。

學校不允許訪客將車子開進去，向小葵本想在門口下車的，但厲清北卻不肯。他讓司機將車子停在陰涼處，自己下了車，幫她拉著行李箱，另一隻手牽著她往宿舍樓走。

一路上，向小葵臉紅得不行，幸好大部分學生都回家了，否則看到她們的白襯衫男神名草有主，估計要吃了她吧……

「回去之後好好休息，明天放妳一天假。」站在宿舍樓前，厲清北將手中的行李箱交給她，「這裡是女生宿舍，我就不進去了，如果拿不動，打電話叫程綠下來幫妳。」

「沒關係啦，箱子裡沒什麼東西，很輕的。」她說。

「嗯。」

他沉默了一會兒，像是有話要說。凝眸看了看她，他忽然上前將向小葵抱住，手指輕撫她的髮，說：「真不想和妳分開這麼久。」

「……」

不是向小葵懶得回應他，而是男人的話已經把她的理智秒殺得片甲不留了！

——蜀黍說情話什麼的……真的好溫柔哦……

他襯衫上的鈕釦貼著她的臉頰，有點涼涼的，最重要的是，彼此靠得如此近，她能感覺到蜀黍的心臟似乎跳得和她一樣快呢。

「那……我明天等你一起吃晚飯。」她小聲的說。

「好。」他低沉柔和的聲音隱隱摻雜了些許笑意。

厲清北離開後，向小葵拉著行李箱走在樓梯上都感覺輕飄飄的，像是腳下踩著兩團棉花。和蜀黍談戀愛，真的需要超級強大的定力才行。因為剛剛她差點就忍不住，想跟著蜀黍一起回家了呢！＝＝

好不容易將行李連拖帶拉的弄上樓，她用鑰匙打開門，第一眼就看到擺在房間中央的行李箱。

「咦？這麼早就回來了？」收拾到一半的程綠聽到聲音抬起頭，看到向小葵問道。

「嗯，專案談得差不多就回來了。」向小葵又看了一眼程綠空空的衣櫃，問：「妳要回家嗎？」

程綠的手一停，不知是不是錯覺，向小葵好像看到程綠在害羞？呃，一定是她眼花了。

「我還想今天打電話給妳呢。」程綠說：「學校遭小偷，這幾天女生宿舍好幾間房都被盜了。謝、謝慕堯不放心，非要讓我搬到他那邊去。」

「鼎盛世家？」

「不是，是學校替他安排的教職員宿舍。那邊空了一個房間，所以……」

見程綠很抱歉的看著自己，向小葵連忙笑道：「那就去住啊，沒關係啦！能看到妳和謝教授修成正果，我可是最開心的那個人了！」

「修個鬼啊！我才不會和他在一起！」

向小葵搖搖頭，這個嘴硬的女人！

下午睡了一會兒，吃過晚飯後，向小葵爬上網，將這幾天在國外照的照片發到網上，分享給群組裡的好友們。其中有一張，她不小心把厲清北拍了進去，向小葵也沒注意到，就一起發到群組裡。

「天辣！這個就是怪蜀黍吧？」團子大人的敏銳度簡直堪比私家偵探。

向小葵還一頭霧水，直到看到團子大人把截圖發到打字區上。

「糟！」向小葵吃了一驚，不過又想想，幸好只是背影。

但是，即便是背影，也足夠在群組裡掀起一番波浪了。

金剛喵喵驚叫道：「不會吧！這麼年輕這麼帥！嗚嗚嗚，跟明星似的，花魁妳上輩子是做了多少善事，這輩子竟然釣到這麼極品的男人！」

團子大人也說：「我是西裝控啊！怪蜀黍這一身真是好看，我都把持不住了！怪不得花魁這麼快就被拿下！」

連一向不愛八卦的綠豆君都開腔調侃：「花魁快來八卦一下，這幾天和怪蜀黍同床共枕，有沒有意亂情迷呀？」

「妳們夠了嗷嗷嗷！」向小葵嘴上這麼說，但心裡真是美滋滋的。

隨便拉蜀黍出去溜溜都能贏到這麼多粉絲，可見蜀黍還是很棒滴！

團子大人有感而發道：「遇到這麼好的男人，妳就嫁了吧，現在這世道，這種極品已經很少了。要不就是有錢的不帥，帥的身材不好，或者又帥身材又好，但卻是個大變態。」

「就是！現在大學生不都可以結婚了嗎？花魁要不也做個小新娘好啦！」

「不不不，現在流行未婚先孕，懷著孩子逼婚才比較符合當下劇情。」

「對，一定要坐穩正宮的位置！」

向小葵：「……」

——妳們真的不是宮鬥劇看太多了嗎？

壯士你好白一上線就看到團子大人發的截圖，驚道：「哇靠！這是花魁的男朋友？！好帥！」

「是啊，光是背影就秒殺啊！」

「不過，這個背影好眼熟啊……」壯士你好白幽幽的說。

「眼熟？」向小葵奇怪的問。

「是啊，就是覺得在哪見過。」壯士你好白糾結了一會兒，哈哈笑道：「可能是像哪個明星吧，有點想不起來了。」

幾人沒太糾結這件事，又聊了一會兒，就把話題轉到《忘川》廣播劇上了。

壯士你好白將後面的劇本全部處理好了，寄到每個人的電子信箱裡，向小葵簡單的看了一下，後面有很多自己和陛下的對手戲。

呃，不知道陛下最近在忙什麼呢？

溫不語的語音聊天室頭像常年都是暗著的，於是向小葵登上通訊軟體，沒想到溫不語真的在。

花小葵：陛下～好久不見了！

過了一會兒，溫不語發來一個笑臉。

花小葵：陛下看到小白寄的劇本了嗎？團子大人說最好下週之前交乾音，陛下有時間嗎？

溫不語：嗯，應該可以。

花小葵：太好啦～\\(≧▽≦)// 我去和團子大人說，陛下你繼續忙～

然後，她的帳號頭像就變灰了。

此時，另一端的厲清北挑了挑眉。

其實，並不是厲清北敏感。

向小葵覺得自己在現實中已經有男朋友了，和網上的異性再配什麼ＣＰ好像不太好，也很彆扭。

雖然她對陛下一直都只有崇拜，並且只是喜歡他的聲音，但換個角度想，如果厲清北有一天在網上看到自己的女朋友和其他男人是公認的情侶，心裡一定會不舒服。

而且，陛下真的對她很好，上次生病還特意找人送藥過來給她……

向小葵不知道陛下的態度是什麼，但曖昧什麼的，她玩不來。

望著向小葵灰掉的頭像，厲清北放下手中的鋼筆。

一開始不告訴她，是因為怕她喜歡上的是溫不語，而不是現實中的自己。現在，和她確定了戀愛關係，也在今天終於了解到她對溫不語根本從未有過什麼特別的想法。他高興之餘，卻也開始發愁該怎麼告訴她，自己就是她崇拜了三年的溫不語。

男人掐了掐眉心，只覺得頭疼。

這時，手機忽然響了起來。厲清北看了一眼來電顯示，接通電話：「有事？」

「聽說你們今天回來了？」電話那邊是謝慕堯，他說：「我是來告訴你一聲，女生宿舍這幾天遭小偷，雖然警衛加強了巡邏，但還是不太安全。明天我就把程綠接到教職員宿舍那邊，至於你的小花朵，恐怕以後都要自己一個人住了，你最好還是想辦法安排一下吧。」

★　★※★※★※★　★

下午的時候，謝慕堯就來了。向小葵送走了程綠，回到宿舍，面對著空蕩蕩的房間，忽然間生出了一種孤獨的感覺。然後，她很自然而然的想起了厲清北。

程綠搬走的這件事，恐怕瞞不了他多久，還不如自己主動交代。更何況，他們現在是男女朋友的關係，有什麼煩惱就對自己的男朋友說一下，應該是很正常的事吧？

於是，沒多做猶豫，向小葵拿出手機，發了封簡訊給厲清北。

「報告蜀黍，程綠姐姐已被謝教授劫持，您的女朋友現在孤獨寂寞冷，請求支援。」

收到簡訊時，厲清北正和財務部經理商討專案撥款事宜。放在手邊的手機亮了一下，他的目光輕輕掃過，知道是她發來的訊息，這才打開收件匣。

看到她別具創意的簡訊，男人緊鎖一上午的眉頭終於漸漸舒展開來，甚至還低低的笑了一聲。

還以為這丫頭不會主動跟他說呢，所以收到這封簡訊，厲清北覺得十分意外。同時，鬱結在心口的不快頓時一掃而空，因為他能感覺得出，向小葵已經開始慢慢融入到他女朋友的角色當中了。

迅速將事情擺平，等財務部經理離開，厲清北立刻撥通電話給向小葵。

聽筒響了幾聲後，他聽到她氣喘吁吁的聲音：「蜀黍？」

「在忙什麼呢？」說著，厲清北從辦公桌前起身，站在落地窗前。

「剛剛在洗澡。」在浴室裡聽到電話鈴聲，猜到是厲清北打來的電話，於是她連忙跑了出來。

「嗯。宿舍的事情，怎麼回事？」

向小葵連忙將事情的大概說了一遍，厲清北聽完沉默了一會兒，下決定道：「洗完澡收拾一下，這幾天妳搬到我這裡來。」

「啊？」向小葵愣了下，連忙紅著臉解釋：「蜀黍你別誤會，我和你說這些並不是想和你……」

厲清北低著聲音打斷她：「我知道。可是讓妳一個人住在宿舍，我不放心。」

「可是……」

不知道是因為聽了他這句話，還是想到接下來要住在一起的事，總之，向小葵開始害羞起來。

「如果妳覺得這樣不方便，不如我收妳一部分房租，那我們就是房東和房客那種很純潔的關係了，如何？」厲清北提議。

他們現在就很純潔啊……向小葵抱怨似的喃喃道：「哪有男朋友還收女朋友房租的……」

厲清北胸膛微微震動，笑聲從話筒傳了過去，「好了，妳先收拾一下，下班後我去接妳。」

「嗯。」

事情就這麼順利的解決了，接下來的幾個小時厲清北心情都很好，秘書幾次送文件進來都能得到厲清北的微笑，簡直太……不可思議了！

厲清北整理好手頭上的工作，提前半個小時離開公司，向學校警衛說了幾句後，將車子開到女生宿舍樓。遠遠的，他就看到向小葵坐在行李箱上，一邊揹著個電腦包，手裡拿著一支霜淇淋。

將車停在她面前，厲清北下車。

「蜀黍。」她叫了他一聲，伴隨著甜甜的笑臉。

厲清北卻皺眉，「這麼熱怎麼在外面等著，不怕中暑？」

「不會啊，我買了霜淇淋吃！」她將吃了一半的霜淇淋遞到他脣邊，開心的問：「蜀黍要不要吃？巧克力的。」

厲清北看了一眼被她吃得亂七八糟的霜淇淋，隨後目光幽幽的落在她的臉上。須臾，男人的黑眸閃過一絲笑意，忽然低頭靠近她，在她還傻乎乎察覺不到危險的時候，迅速用舌尖舔了一下她嘴角上的巧克力。

轟的一下，向小葵感覺從頭到腳都熱得要爆炸了！

而厲清北則站直身體，還很惡劣的瞇起眼睛回味，道：「味道還不錯，以後我天天買給妳吃。」

天天買給她吃，那他不是天天都要這樣……向小葵大腦短路了幾秒鐘，隨後紅著臉跑進副駕駛座，舉著那個令人遐思的霜淇淋吃也不是，扔掉也不是，總之就是很尷尬。－_－|||

厲清北很不厚道的笑了，一邊任勞任怨的將她的行李放進後車箱。

雖然不是第一次來到蜀黍的家，可這一次心態完全不一樣。向小葵一邊收拾衣物，一邊坐在床邊胡思亂想，尤其想到未來要和蜀黍住在同一間房子裡，原本很純潔的思想頓時朝著很不純潔的方向狂奔而去了……

不行！考驗她的時刻到了！

向小葵下定決心，不管蜀黍的美色多麼難以抗拒，她一定要堅守陣地，寸土不讓，哼！

將最後一件衣服掛進衣櫃裡，突然聞到了空氣中飄來飯菜的香氣，向小葵摸了摸肚子，還真是有點餓了。

餐廳裡，厲清北正擺著碗筷，向小葵看到一大桌子的菜，臉上瞬間出現崇拜的神情。

「蜀黍，這些都是你做的？」太豐盛了吧！

「是外賣。」厲清北誠實的回答。

「……」向小葵略有失望，她還以為今天能吃到蜀黍親自做的菜呢，畢竟也算是喬遷之喜嘛！

經過幾次共同用餐的經歷，厲清北早就摸清向小葵的口味了，點的幾樣都是她愛吃的菜式，所以向小葵很合理的吃撐了。

相比之下，厲清北吃的並不多，多數時間都在幫她夾菜，從不讓她的碗空下來。

向小葵在吃撐之餘，還小小的感動了一下厲清北的體貼，心想：找個年紀比自己大的男朋友，就是很享受啊~~

吃完飯，向小葵主動要求收拾碗筷，畢竟住人家吃人家的，就算是男女朋友也會覺得不好意思。

厲清北倒是沒有反對，而且樂得清閒，自己去客廳休息了。

向小葵洗碗洗到一半，客廳響起電話鈴聲，沒多久傳來厲清北的聲音：「小葵，我下樓一趟。」

「哦！」

向小葵完成任務後，發現厲清北還沒回來，走到窗戶邊向下看去，很快就找到在街燈旁和人交談的厲清北。

因為樓層的關係，向小葵看不太清楚與厲清北說話的人是誰，卻隱約覺得對方很熟悉，而且停在一旁的BMW也似乎在哪裡見到過。

正琢磨著，她自己的手機響了。

向小葵放下窗簾，跑回客房，還以為是程綠打電話慰問來了，卻沒想到是母上大人。

「媽，我好想妳哦～」不管媽媽打來是什麼事，總之先撒個嬌就對了。

向媽媽卻直接忽視女兒的撒嬌，開門見山的問：「小葵啊，妳現在在學校嗎？」

向小葵心一個哆嗦：不會吧，剛搬來蜀黍家，媽媽就知道了？老媽是有雷達還是怎樣啊～

不過，向小葵還是多了個心眼，沒有直接回答，反問道：「啊？媽妳為什麼問這個啊？」

「我剛才看報紙，上面說暑假期間好多學校的宿舍都出現小偷了，上面還有你們學校。葵啊，我和妳爸都覺得妳住在學校宿舍太不安全了，這幾天還是回家吧？上班是遠了點，但至少沒危險啊！若實在不行，妳就把實習的工作辭了，媽替妳在家附近找個工作。」

回家？

趴在床上的向小葵猶豫了，如果辭掉工作回家的話，好像就不能天天和蜀黍見面了啊……忽然，心情變得很低落。

向小葵也愣了愣，和蜀黍在一起還沒多久，怎麼一想到會分開什麼的，就特別不開心了呢？

「媽，學校現在安排了很多警衛巡邏，再說了，我恐怕比小偷還窮，妳就不要擔心了嘛！」

「怎麼可能不擔心，只要妳還是我女兒一天，媽媽就會一直擔心妳。」

向媽媽的話讓向小葵心裡酸楚楚的，一想到自從放假以後好像都還沒回過家，立刻道：「媽，等週末休息我就回家看妳和爸爸，我跟上司出差的時候買了好多土產給你們呢！」

向媽媽雖然還是不放心向小葵，但奈何女兒堅持，也就只能囑咐幾句。

向小葵耐心的聽著，忽然又想到厲清北，等向媽媽說完，她遲疑的問：「媽，妳覺得我這個年紀是不是需要找一個……呃，男朋友了？」

「妳有男朋友了？」向媽媽立刻提高警惕。

「是……」

「妳真的有男朋友了？！」向媽媽的嗓門忽然大了起來。

「是、是小綠啦！」嗚嗚，她還是不敢說呀怎麼辦……

向媽媽鬆口氣：「妳們這個年紀談談戀愛也很正常，小綠那麼聰明，倒是不怕被人騙。」

「我也很聰明啊！」向小葵不服氣。

向媽媽輕嘆一聲：「葵啊，這話妳可千萬別在外面說啊，會讓人笑話的。」

「……」向小葵終於知道向一凡像誰了。

驀驀的掛上電話，向小葵把手機扔到床上。/(ToT)/唉，她該怎麼和老媽說起蜀黍呢？還是，等時機成熟了再回家坦白？

苦惱一陣，還是沒有結論，向小葵從床上爬起來，看到站在客房門口的人時被嚇了一跳。

蜀黍什麼時候回來的？呃，她講手機時聲音很大，蜀黍是不是都聽到了？

向小葵以小碎步的形式從床邊挪到門口，厲清北原本就比她高上許多，再加上氣勢懸殊太大，以至於顯得向小葵好似做了什麼虧心事一樣。

「阿姨打來的電話？」厲清北開口問。

這個稱呼讓向小葵愣了一下，然後誠實的點點頭，「嗯。」

「那，阿姨知道妳住在我這裡嗎？」

向小葵停了一下，搖頭。

厲清北鬆了口氣，「這樣就好，住在我這邊的事，妳先不要告訴家裡人。」

向小葵倏地抬起頭，很不解的望著眼前的男人，蜀黍的反應和她想像的怎麼完全相反啊？

厲清北似乎能猜到她的腦袋裡在想些什麼，輕笑一聲：「如果阿姨知道妳住在一個男人家裡，恐怕第一時間就會殺過來把妳帶回去。而且，在正式見面前，我也不想讓妳父母留下壞印象。」

聽到這些，向小葵更驚訝了。

雖然在認識厲清北之前，向小葵從沒談過戀愛，但她也知道大學生談戀愛很少會想到那麼長遠的事。而且她才剛和蜀黍交往，蜀黍就開始計畫以後和她父母見面的事了嗎？

正胡思亂想時，厲清北忽然捏了捏她的臉蛋，向小葵吃痛，下意識拍掉厲清北的手，聽到啪的那一聲「巨」響，向小葵這才察覺到自己做了多大逆不道的事，她竟然家暴蜀黍了！QAQ

然而，厲清北卻一副很開心的樣子。他將手插在褲子口袋裡，笑盈盈的望著她，聲音溫和：「小葵，我很忙，而且我也過了那種找個漂亮女生隨便玩玩的年紀。所以，和我交往的這段時間，妳可要好好的考驗我，不僅要從各個方面深入的了解我，還要思考我們是否契合。」

「對於我來說，如果把我們在一起看作是一筆生意，那和妳交往便是專案的籌備期，而我的盈利目標就只有一個——把妳娶回家。」

這麼浪漫的事，被說得如此一板一眼的，估計只有蜀黍可以做到了吧……

直到厲清北離開房間，向小葵還處於飄忽狀態。

談婚論嫁什麼的，對他們來說似乎太早了點。不過，她卻很奇怪的能理解蜀黍說這些的用意——他不是要她列出一大堆條件去考驗他，而是讓她知道，他和她在一起絕不是一時興起。

這應該，是蜀黍給她的承諾吧……

就這樣，心情超級甜蜜的向小葵找出ＭＰ３，伴隨著溫不語數羊進入了夢鄉。

沉沉睡去前，她還想著明天一定要讓蜀黍錄一段數羊給她才行！蜀黍的聲音一定更性感，而且，這可是屬於情侶間的小情趣，嘿～σ(∩_∩)σ

第二天，簡單的吃過早餐，向小葵坐著厲清北的車來到公司上班。

從上電梯後，某人都戰戰兢兢的，中途遇到上樓的同事，就敏感的立刻跳到角落裡，和厲清北拉開距離。

厲清北：「……」

真想告訴某個傻丫頭，別掙扎了，大灰狼吃掉妳之前當然要昭告全世界，以免有同樣重口味的同類覬覦他嘴裡的這隻小兔子。

電梯在人資部這一層停了下來，向小葵連招呼都沒打就噌的一下消失了。

等到電梯門關上，向小葵才鬆了口氣，和厲清北談戀愛其實沒什麼，但和BOSS談戀愛就很有什麼了啊！尤其人資部簡直就是八卦聚集地，她可不想自己成為職員無聊時拿出來八卦的女主角。

「咦，小葵今天很早哦！」Linda看到她，笑著問：「厲總也來了吧？我這裡有幾份文件，方經理要我交上去呢。」

「啊?呃，厲總來不來我不知道!」

「怎麼可能?」Linda皺眉，不解的問：「妳不是和厲總一起來的?」

「誰、誰告訴妳我和厲總一起來的?!」向小葵還想裝傻。

Linda一副「妳還裝」的表情望著她，「全公司都知道妳是厲總的女朋友啊!我們都當不知道，其實是因為厲總之前囑咐過妳臉皮薄什麼的，叫我們說話要小心。不過你們出差時不都住在一起了嘛，同個房間哦~~」

Linda朝她曖昧的眨眼睛，向小葵臉紅得都快冒煙了，「我、我和厲清北可是清白的!」

——住同一個房間又不代表什麼!我們現在還同居了呢，不也還很純潔嘛!你們這群思想複雜的人類!

Linda偷笑：「好好好，清白、清白。」都直呼名字了，還清白嗎……

向小葵欲哭無淚，他們真的只有親親小嘴而已啊……

還以為自己的保密功夫做得滴水不漏，原來所有人都知道了，就看她一個人那麼辛苦的演戲，真是丟人丟到姥姥家了!

尤其是厲清北那個傢伙，什麼都知道，竟然什麼都不告訴她，簡直叔和嬸都不能忍!

然後，向小葵開始彆扭起來，吃中飯的時候不理他，厲清北說什麼，她只哼哼幾聲表達不滿，回

家的路上一直扭頭看著窗外，厲清北哭笑不得，還不知道哪裡得罪這位小祖宗了。

車子駛進社區，新來的保全放行時，認出了厲清北的車子，忙笑道：「厲先生、厲太太，下班了啊！」

厲清北點點頭，向小葵則炸毛：「竟然你連保全都知會過了！」

嗚嗚，連新來的保全都知道她和厲清北有不正當關係了！

厲清北有點茫然，「我知會他什麼了？」

向小葵怒：「要不然他為什麼叫我厲太太！」

厲清北黑線，「這個時間點，妳連續每天跟我回家，不是厲太太，也是準厲太太。」

向小葵：「(⊙o⊙)……」

好像這麼說，也有點道理……

將車子停在地下停車場，厲清北沒有馬上下車，而是含笑轉過頭來望著她。

向小葵被他看得發毛，「你、幹嘛！」

厲清北好笑，悠悠的問：「妳有一個這麼厲害、這麼帥的男朋友，不是應該恨不得讓全世界都知道嗎？」

向小葵繼續哼哼，聊天就聊天唄，幹嘛還拐著彎的誇自己，真是非常不謙虛！

「我就是不想公司的同事知道啊！這樣好像我是走後門進來的一樣。」她也不想讓蜀黍被人在背後說閒話。

厲清北卻理所當然的道：「妳的確是走後門進來的。」

「……」向小葵差點被他噎死，又說：「還有，如果同事知道我和老闆有關係，就不會分給我那些需要專業技能的工作，這樣我會覺得我是個花瓶。」

「妳有工作能力？」厲清北繼續毒舌。

「……」

「而且，花瓶也是要求很高的。至於妳……」厲清北嫌棄的目光上上下下掃視她N遍。

向小葵已經想掀桌了，心中吶喊：這樣虧你女朋友你還很自豪是怎樣啊！

厲清北終於忍不住笑出聲，低沉渾厚的笑聲輕輕在車內迴盪著，不過見向小葵越來越怨念的表情，他立刻收起笑臉。逗貓也是有限度的，否則小爪子是會撓人的。

「好了，都是逗妳的。」大手拉住她的手臂輕輕一拽，某人很容易的被帶到懷裡，他輕輕吻了吻她的脣角，眉眼含笑，「不管別人怎麼看、怎麼說，我都喜歡妳。」

「哼！」這還差不多。向小葵面容有些鬆動。

「唔，雖然又蠢又笨，不會幹活，上班也迷迷糊糊的，想當花瓶還當不上……」

「……」

向小葵淚流滿面，不知道被男朋友鄙視，有哪個單位可以讓她申訴……(TᴑT)

和蜀黍的同居生活就這麼有條不紊的進行著，雖然她偶爾要忍受一下蜀黍很親密的舉動，但他卻從來沒有逾矩過。

好啦，其實和蜀黍親親抱抱的時候她也有很享受啦，畢竟蜀黍那麼帥，身材又……口水……o(*//▽//*)q

晚上，厲清北有事推託不開，先把向小葵送回家，順便在路上買了晚餐和零食給她。

正好也到了向小葵交乾音的日子，這幾天她都用蜀黍的錄音室錄音，效果超級好，也很順利，所以在期限之前就已經錄了大半。

向小葵趴在床上，將乾音檔案壓縮好，準備傳給綠豆君，卻發現自己的電腦上不了網路。試了幾次還是不行，她用手機上網搜尋了一下，好像是電腦網卡的問題。不過，她是個電腦白痴啊……

求救無門，向小葵只好打電話給厲清北。

厲清北那邊有些亂哄哄的，他說了句等一下，然後走到較為安靜的地方接聽電話。

「想我了？」男人帶著笑意的聲音傳來。

向小葵又不爭氣的臉紅了一下，結巴道：「誰、誰想你了！我只是電腦壞了無法上網，想向你借一下電腦而已。」

厲清北低低的笑過一聲，道：「我書房有筆電，拿去用吧。今天的酒會還要一會兒才結束，如果一個人害怕，隨時打電話給我，OK？」

「嗯。」她熏紅著臉點頭。

掛上電話，向小葵將壓縮檔存到隨身碟裡，拿著隨身碟走進書房。厲清北的書房一向很整潔，一眼掃去，所有東西都擺放得整整齊齊的……就是不見厲清北說的筆記型電腦。

向小葵猶豫著要不要再撥通電話給他，但又怕厲清北正在忙，自己總打擾他也不好。

反正只是傳個檔案而已，用桌上型電腦也是一樣吧。這麼想著，向小葵坐到厲清北的辦公桌後，按下桌上型電腦的開關，電腦很快的開機，她還來不及做些什麼，就看到通訊軟體程式自行啟動。

「沒想到蜀黍也會用這種聊天工具啊！」

向小葵偷笑，一邊點開通訊軟體程式，輸入自己的帳號密碼，再按下登入鍵。剛一登入上去，就聽到有好友上線的提示音，向小葵的視窗並沒有隱藏，因此沒看到是誰剛剛上線。不過，向小葵也懶得聊天，直接進入信箱系統將乾音寄了出去，隨即在群組裡知會一聲。

得到群組裡眾人的一番誇讚後，向小葵心滿意足的關掉聊天室，視線一掃，掃到陛下的頭像還是亮著的，於是決定再向陛下說一聲，也順便問問陛下的進度如何。

向小葵發了個笑臉給溫不語，同時聽到提示音響了起來，她下意識看了一眼右下角，一個很熟悉的頭像閃爍起來……

她愣了好一會兒，才將滑鼠移到閃爍的圖示上。

「蜀黍的提示視窗裡，為什麼會顯示花小葵的頭像？」向小葵皺眉。

第二章

雖然知道探查別人的隱私很不好，但向小葵還是忍不住打開厲清北的帳號視窗。

很快映入眼底的，是向小葵再熟悉不過的——正是溫不語的頭像……

心中的某個答案呼之欲出，她感覺到自己的心跳快得像是要從胸口裡跳出來。

或許，這是謝教授的帳號？畢竟謝教授的主業是播音主持，業餘時間擔任聲優也沒什麼奇怪的。

而且蜀黍家的錄音室也是替謝教授準備的，還有……還有什麼？

向小葵編不下去了，她知道自己猜測的這幾個藉口有多蹩腳。再怎麼親密，謝教授的帳號總不能在蜀黍的電腦上自動登入吧？還有那間錄音室，她搬進來兩個星期，卻從未見過謝教授來使用，反而上次她要用時，蜀黍為她調試器材的手法那麼熟練……

就在向小葵發愣之際，她自己的帳號提示音響了起來。聽到聲音回過神，是壯士你好白傳來私聊邀請，向小葵記起小白和大神似乎很熟悉，也正好可以問問她一些情況，於是點開了聊天視窗。

剛一打開，就看到壯士你好白傳來好幾行驚嘆號。向小葵納悶，傳了個一個問號過去。

很快，壯士你好白發來：花魁！妳真是瞞我們瞞得好苦啊！原來妳和陛下早就見過面了！

向小葵心裡咯登一聲，壯士你好白的話幾乎算是肯定了她心中的那個猜想。

但謹慎起見，她還是問：怎麼這麼說？

壯士你好白很快的敲字：上次那個背影啊！我下午猛然間想到是誰了，是陛下啊！！！

向小葵看著螢幕上的字，收回了鍵盤上的手。這下子，她終於確定，厲清北就是溫不語，蜀黍就是陛下了。

壯士你好白對向小葵的情況渾然不知，還在繼續傳訊息。

原來，上次厲清北手上的某個專案需要幫忙，壯士你好白和莫失莫忘就受邀來T市和厲清北見面。但因為時隔太久，加上當時的行程很趕，壯士你好白只是匆匆見過厲清北一面。

前幾天看到團子大人截圖到群組裡的那個背影，壯士你好白就覺得很熟悉，但卻因為對方的身材、氣質都太不像自己會認識的人，才誤以為是某個明星。就在剛剛，壯士你好白改劇本改到溫不語的戲分，突然間記起那個背影為什麼看上去如此熟悉了，因為對方正是和她有過一面之緣的陛下啊！

壯士你好白：花魁同學，妳的保密功夫真是做到家了，原來早就和陛下勾搭上了，嘿嘿～～

壯士你好白：真的好巧啊！妳上次說鼎盛世家的時候，我就想說陛下也住在那裡，但又怕暴露陛下的隱私才沒說，不過沒想到你們倆真的那麼有緣分，三次元、二次元都能碰到一起！

許久沒等到向小葵的回話，壯士你好白覺得奇怪：花魁，還在嗎？怎麼不說話？

向小葵深呼吸，遲疑了一下，決定還是再確認清楚比較好。

花小葵：小白，陛下是不是做房地產的？

壯士你好白：是啊。怎麼？陛下沒和妳說嗎？不對啊，妳不是在陛下的公司上班？怎會不知道？

向小葵不知道該怎麼回答了。

壯士你好白越想越不對勁，最後：囧，該不會……妳不知道陛下就是妳的怪蜀黍吧……

怪不得，從沒聽花魁說起過自己和溫不語交往什麼的，原來是真的不知道……

向小葵已經無心回答了，道了句掰掰後，就盯著溫不語的帳號發呆。

有時候，她也會覺得蜀黍的聲音和陛下很相似，但因為她從不覺得這個世界會這麼巧，所以並沒有將兩個人聯想到一起。雖然現在想起來，有太多線索說明他們就是同一個人，可是當時她真的沒有懷疑過。而且她還問過蜀黍有關聲優的事，還有那間錄音室……

蜀黍為什麼要騙她呢？

厲清北，溫不語，陛下……

這幾個名字快要把向小葵搞瘋了，她不知道別人如果遇到這種事會怎麼辦，但她現在真不知道對於男朋友就是自己的男神這件事，是該覺得榮幸、興奮，還是應該對他的欺騙和隱瞞感到氣憤……

★　★※★※★※★　★

厲清北結束酒會回到公寓的時候，客廳的燈是關著的，只有隱約的光亮從書房裡照射出來。他脫掉外套掛在玄關，搖著頭走向書房，心想看來以後要嚴格控制她的上網時間，若是為了興趣影響到休息就本末倒置了。

可當厲清北推開書房門時，卻不見向小葵。

書桌上的電腦主機還在運作著，厲清北這才記起筆電一早就被自己帶去公司，並沒有放在家裡。

心中隱隱生出不好的預感。男人走到電腦前面，碰了一下滑鼠，電腦從待機狀態中恢復，就見自己的通訊軟體視窗大剌剌的停留在桌面上。

厲清北的臉上沒有過多的情緒，只是冷靜的看著，唯有緊抿的唇角洩露出一絲焦急和煩悶。

「終究，還是讓她以這樣的方式知道了……」

客房裡她的東西還在，只是平時揹的雙肩包和手機都不見了。

厲清北鬆了口氣，看到她的筆電等物都還放在公寓裡，至少說明她會回來。他撥打她的電話，卻得到關機的答覆，心裡焦急，畢竟這麼晚了，她一個人迷迷糊糊的，萬一出什麼意外可怎麼辦？

此時，厲清北滿心只剩下擔心，卻不曾想在遇到他之前的二十年，向小葵都是平平安安的。

厲清北毫不猶豫的拿起車鑰匙，也不管自己剛才在酒會上喝了兩杯香檳，直接驅車來到學校。前一陣子學校裡小偷猖獗，警衛們對於出入學校的陌生人都嚴格把關，厲清北在門口警衛室做了登記，耽誤了十分鐘，這才將車停在向小葵的宿舍樓下。

一下車，清冷的風吹了過來，厲清北清醒幾分，終於意識到女生宿舍樓……他進不去。

抬頭看了看她宿舍房間所在的位置，漆黑一片。厲清北苦笑，向小葵向來遲鈍，鮮少能精明幾回，這次倒是聰明了一把——如果她刻意躲他，自然知道他會找到宿舍來，所以肯定不會回來這裡。

厲清北狠狠的抽了一口菸，對自己莽撞的行徑搖頭。

真的是第一次，這麼不管不顧的，衝動得像個毛頭小子。

接到電話的時候，謝慕堯被害羞的程綠關在臥室門外，心情正不爽。

「有事嗎？我正在忙。」於是，他語氣也不爽。

厲清北的聲音悶悶的，「程綠在你身邊嗎？」

「在啊……」謝慕堯聽出他的不對勁，問：「怎麼了？」

「小葵知道了。」厲清北說：「我現在找不到她，你把電話給程綠。」

謝慕堯聽出事態嚴重性，尤其厲清北的情緒這麼低落，真的很讓他擔心。也顧不上程綠正和自己鬧彆扭，謝慕堯敲了敲程綠的房門，說：「小綠，向小葵不知道去哪了，清北想跟妳打聽一下她能去的地方。」

果然，房門刷的一下就打開了，謝慕堯剛開口想說一下事情的來龍去脈，程綠就乾淨俐落的將手機從他手裡拿了過去。

「小葵怎麼會不見了？」程綠皺眉，過了一會兒，說：「好，我知道，我待會兒打個電話到她家問一下……地址？沒有小葵的允許，我不會告訴你這些的。」

掛上電話，程綠把手機扔還給謝慕堯。她心中擔心著好友的情況，冷冷的看了謝慕堯一眼，「看你朋友做的好事，你之前不是跟我保證過他對小葵是真心的？怎麼把小葵氣走了？」

「我……」

謝慕堯剛要開口，便被程綠冷冷打斷：「小葵要是被你朋友傷到心了，看我怎麼收拾你！哼！」

砰的一聲，房門緊閉。

謝慕堯拿著手機站在門外，哭笑不得，自己真是躺槍大戶啊……

厲清北原本想讓人資部把向小葵的資料調出來，上面應該會有她父母家的地址，但想了想，終究還是沒有這麼做。

晚上十點多的時候，他終於收到她的簡訊。

向小葵：蜀黍，我在我爸媽家呢，你放心。週末我想陪陪他們，週一我就回去。^0^

許是怕他多想，後面還發了一個笑臉過來，厲清北很想現在就見到她，但也明白她現在一定想一個人安靜幾天，於是猶豫了一下，回：好，週一我去接妳。

不過，厲清北著實高估了自己的忍耐力。

週六的時候一個人在家，工作都讓他靜不下心來，抽了兩包菸，喝了四杯咖啡。

週日，上午一個人吃了早餐，雖然還是外賣，但吃起來的味道比之前糟糕透了。

買給她的甜豆漿放到下午有些餿味，厲清北最終還是倒掉了。

他想打電話給她、想發訊息給她，卻都不知道該解釋什麼。在談判桌上可以無往不利，並不代表在自己最重要的人面前還可以侃侃而談。

厲清北想，自己將近三十年順順當當的人生，終於在這兩天嚐到了受挫的滋味。

而向小葵這兩天過得也渾渾噩噩。

向媽媽見女兒一副心事重重的樣子，就記起前幾天女兒問起談戀愛的問題。向媽媽想到女兒再過一個月就要升大四，而且身邊最好的知心姐妹都有男朋友了，看來也該幫她找一個伴了。於是吃完晚飯後，向媽媽立刻打電話給自己幾個最好的姐妹，忙著幫女兒張羅相親的事去了。

向小葵呢，一路無精打采的飄進臥室，剛進門就聽到電話響了起來，馬上心驚肉跳。但她一看來電顯示是程綠的名字，又有點小失望。

「喂，小綠？」

程綠說：「葵啊，妳手邊有什麼可以治療突然昏厥的特效藥嗎？」

向小葵被程綠沒由來的話搞暈了，「妳想幹嘛？」

「不是我想幹嘛。妳現在快點上站，看妳家男神發了什麼。」

蜀黍……呃，或者該說，溫不語？

掛上電話，向小葵連忙登入社群網站，還沒看到溫不語發什麼，手就激動得有點顫抖了嗚～

她以最快的速度找出陛下發的訊息，然後就看到——

溫不語：**花小葵好熱好想睡**寶貝，什麼時候回家？

溫不語發出這條訊息造成的轟動可想而知，尤其「回家」這個詞太過曖昧，再加上「寶貝」這個主語，給了網友和粉絲無限的遐想空間。

23L：是我眼花了嗎？這兩人什麼時候在一起的？

372L：同居的節奏？

1928L：不會吧！看粉絲給陛下配CP還以為只是開玩笑，不會真的發展到三次元了吧！

4726L：現實生活中也在一起了嗎？還住一起了？知情的誰能來八卦一下啊！

5552L：我只是單純來看這一對秀恩愛的～～

8918L：好有愛啊啊啊啊！滿螢幕的粉紅腫麼回事！滿滿的寵溺腫麼回事！

11121L：**花小葵好熱好想睡**陛下叫妳回家。

12147L：**花小葵好熱好想睡**陛下家裡有空調，不會熱滴！

14726L：**花小葵好熱好想睡**幫陛下轉一轉，快回家啊寵妃！

就連壯士你好白也轉發了陛下的這條訊息。

壯士你好白：我來為你們解釋一下吧！首先呢，陛下和花魁的確是在一起了，嗯，現實生活中。

還有，花魁很呆萌，到現在才知道男朋友就是男神，一時間受不了這個打擊（？）就離家出走了，現在男神很擔心，到站上發訊息也算是公開了吧。好了，具體的還是讓當事人自己說。

12L：靠靠！連我這個外人都激動死了！

282L：偶像劇橋段啊！我也想要男神做男朋友！

372L：真有這麼巧的事？

726L：只有我覺得陛下好腹黑，花魁好蠢萌嘛？都住在一起了竟然沒發現……

1281L：這一對好有愛啊～～

2371L：這麼高調的秀恩愛真的大丈夫嗎？我只想說，爆張照片給我們解解饞好嘛！

陛下發訊息的目的已經達到了，因為向小葵看到這些真的很感動。其實偷偷跑回家真的不是和陛下生氣什麼的，而是覺得太突然了，雖然和溫不語成為了網友，有時候會聊聊天、一起對戲，但總覺得二次元的朋友還是很遙遠的，她從沒想到自己愛慕了三年的偶像，最後會成為自己的男朋友……

真的是，太難以想像了！

尤其，想到自己之前每天都在社群網站上標記他，毫不掩飾自己對他的崇拜，就覺得好丟臉。她不知道該怎麼面對又有了一層新的身分的厲清北，所以才跑回家想冷靜冷靜。可是，一看到蜀黍發的這條訊息，她忽然好想見他，根本冷靜不下來了。

向小葵已經有點坐不住了，剛打算登出社群網站，誰知又彈出一條系統提示。

溫不語又發布了一條訊息，不過這一條訊息是語音。

「寶貝，我知道我錯了，這件事不該瞞妳這麼久。這一切都是因為我太不自信，不希望妳喜歡上的是帶有聲優大神光環的溫不語，而不是我。」這時，他靜默了一會兒，說：「我很想妳，先回來，好不好？」

他的語氣婉轉，聲音低沉如吟唱，最後一句話有淡淡的哀求，尾音上揚，擲地無聲，卻如一枚石子投入湖水，激蕩起圈圈漣漪，無法平息。

陛下第一次在社群網站上發語音已經實屬少見，尤其還說了那麼多話，句句放低姿態，讓粉絲們心疼不已。

2873L：臥槽！血槽已空，陛下的聲音果然是我的萌點！

3726L：嗚嗚嗚，我的本命終於也要嫁出去了，心情好複雜的說！

7261L：花魁，遇到這麼好的男神，妳就從了吧～～

18721L：每天能聽著陛下的叫床聲醒來，想想都要幸福的暈了呢～～

18722L：樓上說的叫床聲什麼的……好！想！聽！

18727L：花魁也是陛下的腦殘粉，和我們同一個陣營，一定要錄陛下的嬌喘給我們啊！

19281L：兩人╳╳○○的時候一起錄個嬌喘什麼的，我們也不介意的～（害羞）

19282L：樓上們的節操呢……

下方的留言已經歪樓了，向小葵笑出了聲，用手背擦了擦眼眶裡的淚水。明知道她對他的聲音最沒抵抗力了，還故意說了那麼多情話。而且，還在那麼多粉絲面前公開向她示愛什麼的……

陛下真的是太卑鄙了呢！

此時網站上已經沸騰了，粉絲很快就把溫不語的兩條訊息轉貼分享成了熱門話題，壯士你好白的科普更給了他們腦補的空間，甚至還有知名畫者迅速趕了幾張簡易的情景畫放在社群網站上。

不過，向小葵已經顧不上了，她收拾好包包，和向媽媽說了一聲，叫了一輛計程車就出門。

在她不斷的催促下，計程車終於停在了鼎盛世家的門口，新來的保全見到她，笑著叫了一聲厲太太。向小葵紅著臉點點頭，快步朝電梯口走去，心裡想著要快點上去厲清北的公寓。

★　★※★※★※★　★

這邊的浴室裡傳來嘩嘩水聲，厲清北在洗澡。溫熱的清水順著頭頂一路蔓延，似乎這樣才能暫時清洗掉滿身的煩躁，但很快浴室水氣氤氳，並不能久待。

厲清北隨意擦拭了一下身體，套上睡褲，拿著一條乾毛巾打開浴室的門。臥室黑漆漆，他還來不及開燈，就見一個黑影衝了過來，他下意識伸出一隻手摟住襲擊他的「物體」，熟悉的觸感讓他心神一動。

「小葵？」他啞著聲音開了口，帶著無法言喻的驚喜。

「嗯！」向小葵將臉埋進他的胸膛，兩隻手圈住男人精瘦結實的腰。

和他交往半個多月，好像從來沒有和他撒過嬌，主要是因為她太不好意思了，所幸這一次藉著漆黑，撒個夠本好了。

於是，厲清北就維持一個不太舒服的姿勢抱著她，一時間也不想放開手。

過了一會兒，終於還是他忍不住開口：「原諒我了？」

她點點頭，然後又搖搖頭，厲清北一頭霧水，就聽她軟嫩的嗓音從胸口傳來。

「本來，就沒怪你。」她沉吟了一下，說：「就是覺得好彆扭，你對我什麼都了解，可是我對你卻什麼都不知道。」

聞言，懸著一半的心終於落回原地，厲清北溫和的說：「妳想知道什麼，我都告訴妳。」

她張了張口，一時間又不知道該問他什麼。

厲清北清淺的一笑，攬著她的腰肢打開牆壁上吊燈的開關。

剎那間白光乍現，男人清俊的臉龐近在咫尺，向小葵的膽子立刻縮了，鬆開手想要退後，男人卻不肯，加大了手腕的力道，迫使她不偏不倚的貼在他身上，重力使得兩人跌到身後的大床。於是——

厲清北裸著上半身仰躺在床上，甚至還很悠哉的將雙手墊在腦後，幾縷精短的黑髮不羈的散落在額頭，他正似笑非笑的望著她。而向小葵則姿態不雅的趴在他的身上，她想直起身，手一撐在他的胸膛上，炙燙還帶著水珠的觸感讓她像被電到了一樣迅速收回手。

望著她爆紅的臉蛋，厲清北低聲笑。

「我想妳了，小葵。」男人開口，性感沙啞的聲音輕聲迴盪著。

向小葵有些不知所措，咬著下唇，直直的凝視他。

漂亮清澈的眼睛，是厲清北心中的最愛。他微微一笑，雙手穿過她的腋下，將向小葵從身上抱到床邊坐好，畢竟如果兩人一直維持那種姿勢，想必他一定沒心思好好和她交談。

「你，什麼時候知道我就是花小葵？」

「很早。」他從床上坐起，與她面對面，接收到她的吃驚的眼神，說：「妳第一次送快遞來，弄丟了小綿羊，壯士你好白就對我說起過，不過那時只是懷疑。後來在謝慕堯班上注意到妳和程綠，我才確定妳就是花小葵。對了，謝慕堯就是謝微塵，我和他都知道程綠就是蘋果綠，所以妳的身分就很好猜了。」

向小葵顯然又聽錯重點，得知謝慕堯的身分後立時瞪大了眼睛。

厲清北無奈的搖搖頭，只能依靠自己把話題拉回來。

「一開始只是覺得有些抱歉，在青雲一刀歌會上說那些話並非針對妳，可卻給妳招了很多黑粉和謾罵。所以，加妳好友、和妳合作《忘川》，應該都算是某種意義上的彌補吧。不過後來我發現，這個世界上真的有人那麼呆，我說什麼就信什麼，即便讓她失望，她卻還反過來笑笑的安慰我。」

逗她變成了樂趣，卻沒想到會越來越上癮，見有人欺負她，自己就很生氣，恨不得鑽進螢幕將那個人拉出來痛打一頓……

他變得越來越情緒化，這種陌生的感覺讓他立刻意識到——

他，動心了。

厲清北從不相信什麼一見鍾情，但他卻相信「眼緣」這個東西。

見到向小葵第一眼就被她的無厘頭搞得印象深刻，第二次見面最多只是察覺到自己應該會喜歡她這類型的女孩子，並無其他妄念。

愛情不是一蹴而就的東西，而是會隨著時間和接觸，日積月累出點點滴滴的關注和在乎，漸漸昇華成更深一層的感情。

厲清北對向小葵便是如此，只是他沒料到的是……他竟然會這麼快就喜歡上她。

「那，你為什麼不告訴我你就是溫不語？」冷靜下來後，她又找到了第二個問題。

「很簡單，因為未來要和妳生活在一起的，是厲清北，而不是溫不語。」厲清北張開唇，輕輕掀動：「也許之後的某一年，溫不語就會從網路上消失，而厲清北不會。」

向小葵喜歡溫不語三年，在心中自然對這個男神一樣的人物有著無限遐思，覺得他處處都好。一旦讓她知道他就是溫不語，或許和她想像的人物不一樣，她就會有很多失望。但如果她先喜歡上的是厲清北，然後才知道溫不語是厲清北衍生出的一個人物，感覺就會完全相反了。

如果謝慕堯知道他的想法，一定又要說他庸人自擾，但厲清北心裡卻很明白，對於一件對自己非常重要卻又非常沒有把握的事，他必定要處處算計、深思熟慮。

向小葵聽得似懂非懂，為避免顯得自己太笨，她還是點了點頭。反正她回家的這兩天早已經想通，她糾結的根本就不是蜀黍的身分問題，其實得知蜀黍和自己的本命是同一個人，震驚過後，她還是覺得這一切幸福得像是做夢一樣。她一直納悶的，其實是另一個問題。

「蜀黍，為什麼你的聲音和語音聊天室上的有點不一樣？」

每個人在網路上的聲音本就與現實中會有些差別，尤其是聲優。

向小葵聽過陛下曾經在一部劇中演出過四個不同角色的聲音，當時如果沒有看聲優名單，她根本不知道那幾位角色的聲音是同一個人發出來的。

平時他們經常會在語音聊天室上聊天，而且她還聽了三年溫不語的聲音，已經完全熟悉到他一開口就會認出他的地步，可事實卻是，和蜀黍的交往中她或許懷疑過，但始終沒有深究，所以直到現在她才搞清楚蜀黍的另一層身分。

厲清北沉默了一下，似乎在斟酌如何開口，過了一會兒，他問：「妳知道『北之清風』嗎？」

向小葵點點頭。

「北之清風，是我。」

向小葵張大嘴巴，可見有多吃驚。

北之清風，可以算是國內聲優的骨灰級人物了吧，但在他的聲優生涯中只配過一部劇。

很早的時候還沒有微電影，或者應該說當時存在這種藝術形式，只是沒有一個較為正式的名字。那年，T市非常著名的房地產公司新開發出一項建案，廣告打得很響亮，他們斥巨資聘請到國內知名的創作團隊，打造了一部類似如今微電影類型、長達二十分鐘的廣告。

廣告中沒有主角，也沒有臺詞，都是在用最尋常百姓的日常生活表達這支廣告的主題——回家。

然而，讓人們最印象深刻的是廣告中貫穿全劇的男聲旁白，他的聲音細膩低沉，每一個音節都富有極強的情感，低音張弛有度，高音纖細柔韌，獨具穿透力和感染力，好像一滴黑墨落進清池，緩慢蘊開內斂的顏色，由強及弱，由濃轉淡……

音之天籟，北之清風。

這是當時媒體對這位配音演員的評價。但是沒有人知道，這位極其神秘，甚至已經被當時的配音圈奉為神一般的聲優，完全是一個外行人。

向小葵的表情令厲清北發噱，忍不住伸出手幫她闔上嘴巴，看她呆呆的表情，心裡就會很輕鬆。

「那項建案是我哥接手公司後第一個大專案，廣告創意也是我哥想的，原定旁白的人選是謝慕堯，他是吃這行飯的，又小有名氣，用他再適合不過。不過，等一切就緒的時候，謝慕堯卻突然被電視臺外派到法國實習半年，我哥急得跳腳。因為謝慕堯是我介紹給他的，所以他覺得這事最後沒成也該由我來負責，於是，我就被他抓壯丁一樣抓到了錄音室。」

那時候他還算是個文藝小青年，為自己取了「北之清風」這個現在看來十分矯情的名字。不過後來事實告訴他，他沒用自己的真名，的確是太有先見之明了。

廣告一炮而紅，之後不少廣告創意都有模仿的痕跡，公司那邊不斷有人打電話來詢問北之清風的資料和聯繫方式，徵求合作。厲清北從一開始就沒想在這方面有什麼作為，完全是臨時磨槍上陣，那一段時間完全被這些人搞得不厭其煩。所幸不久後，他被派去英國公幹，才遠離這一切。

英國那邊公司逐漸上了軌道，他空閒的時間也多了，謝慕堯帶著他接觸了聲優這個圈子，他憑著興趣和新鮮感配了幾部廣播劇。不過在這之前，由於北之清風名頭太響，為避免被人認出，他刻意在聲音效果上做了一點手腳。

聽完後，向小葵簡只覺得自己這幾天過得……簡直太玄幻了！

北之清風出名的時候她才剛上高一，也很少看電視，但對於這個人物還是有所耳聞的，主要是當時那部廣告太轟動了，基本上大街小巷都在播。後來她進入聲優圈，偶爾會聽人提起這個人物，但當時她可是「心有所屬」，便只是聽聽罷了。

她真的沒想到那個曾經紅極一時的男聲，就是……

「我以後該叫你什麼呢？蜀黍？陛下？還是清風大大……」向小葵有點暈。

厲清北伸手揉了揉她的髮，意味深長的笑道：「不如就叫老公吧？」

「……」向小葵耳根漸粉，「蜀黍，你是在調戲我咩……」

厲清北瞇眼，「這都算是調戲的話，那接下來算什麼？」

如果說，她現在才意識到兩個人有多曖昧的話，會不會被鄙視？＝＝

尤其蜀黍還……呃，只穿了條睡褲……

向小葵意識到不妙，但終究還是晚了一步，男人大手一撈，將她欲逃跑的身子牢牢壓在身下，雙手被厲清北攥住手腕安在頭頂，那姿勢讓向小葵聯想到小說裡某個讓人臉紅心跳的情節。

「叫老公。」男人居高臨下，惡劣的要脅道。

「不要！」她才不會這麼早就淪陷投誠呢，老公這個詞太肉麻了！

「叫不叫？」修長有力的雙腿忽然在她的身上蹭了蹭，男人的聲音跟著變得有些沙啞。

向小葵幾乎立刻全身僵硬了……因為蜀黍正用某一處更硬的地方抵著她……

——色！魔！

厲清北巴不得她嘴硬呢，這樣才會讓他光明正大的吃豆腐。

低下頭來，碎髮隨之垂落，帶著沐浴後清爽的洗髮精味道在空氣中撩撥著。男人的唇微涼，輕輕的吻她的鼻尖、嘴角，然後順著漂亮的鎖骨一路舔舐下來。

濕濕軟軟的吻。

向小葵微微的顫抖著，明明該恐懼的，卻根本不想推開他。被他擁抱的時候就像是擁有全世界一樣的滿足，心口被幸福的感覺盈得滿滿的，向小葵知道這種感覺就是——

「蜀黍，我喜歡你。」

糯糯的聲音從頭頂響起，厲清北停了下來，抬起頭，對上她認真的眼眸。

「不管是溫不語，還是北之清風……」她望著近在咫尺的男人，「這些都不是我喜歡上你的理由，卻會讓我更喜歡你。」

蜀黍，也是不自信的吧？所以不肯告訴她這些身分，只單純的用現實生活中的身分接近她。

她想讓他知道，她喜歡的人是厲清北，但溫不語和北之清風也都是他的一部分，不用刻意去割捨，因為他們並不會影響她的喜歡。

凝視她黑亮的瞳仁，明明不擅長說情話，但還是鼓起勇氣告訴他了。一聽到這些，厲清北的心剎那間變得柔軟起來。他早已習慣她蠢蠢的樣子，而偶爾露出一點嚴肅正經的小姿態，更令他鍾情。

厲清北沒有用言語回應她，而是再次靠近彼此的脣。

室內愛意融融，就在脣與脣之間僅有一公釐的距離時，寂靜的房間裡忽然響起不適宜的咕嚕聲。

厲清北僵了一僵，向小葵則恨不得挖個坑把自己埋起來……

「那、那個，我這幾天都沒好好吃飯……」她弱弱的開口。

厲清北的臉已經黑了，偏偏在這種時候……

輕嘆一聲，男人放開她，起身走到衣櫃處隨意拿出一件白T恤套在身上。

「想吃什麼？」不管自己的慾望叫囂得有多厲害，總不能餓著她。

這種情形之下，向小葵也不敢多做要求，小聲：「煮個麵就好了。」

厲清北離開臥室，向小葵立刻從床上爬起來，剛剛真是太……驚險了！

如果她肚子沒響的話，不知道蜀黍會不會進行到最後？雖然很喜歡他，就算交給他也不會後悔，但她還是……對未知的事有些恐懼啊！

向小葵鼓勵似的拍了拍自己的肚子，不愧是自己身上的肉，真爭氣！

坐在床上回味了一下剛才的溫情，向小葵忽然想到什麼，馬上跑去門口，從掉在地上的包包裡拿出手機，登入社群網站。

花小葵好熱好想睡：謝謝大家關心，我回來了。某人現在正在煮麵給我吃，希望我的胃能堅強一些！\\\\(≧▽≦)//

第三章

向小葵的訊息一發出，立刻得到很多評論，無非都是覺得不可思議，或者祝福他們之類的話。

蜀黍在網上一直都很低調，而且就算偶爾出現也會給人一種很有威嚴不可侵犯的感覺，再加上他的真愛粉有很多，所以幾乎沒有人來黑他們。

對於這一點，向小葵還是很欣慰的，果然大神的威力無法阻擋。

看到這麼多人關心她和蜀黍的事情，向小葵很有八卦的欲望。

拿著手機跑到門口，就聽到廚房裡傳來劈里啪啦的聲音，向小葵一滴汗流下，估計這一頓飯沒個半小時是吃不到的。其實之前和蜀黍住在一起時她就知道了，他根本不會做飯，除非去冰箱拿飲料或者煮咖啡，否則他一般不會走進廚房。

所以說，蜀黍還是有點大男人主義的吧，嘿嘿！

向小葵直接跑去厲清北的書房，他的電腦常年都是開著的，向小葵解除了待機狀態，馬上看到他的通訊軟體又在自動登入。

如果是之前，她肯定不會碰他的電腦或者書房裡的任何東西，她總覺得亂動東西都有點侵犯別人隱私的感覺，顯得自己很沒有規矩。但是現在不同了，她用蜀黍的電腦好像是很理所當然的事情，也不會覺得彆扭或者怎樣。這或許就是，已經真正把蜀黍當作自己人了……

好像是這件事情攤開來之後，他們才算真正的談戀愛了吧？

向小葵哼著歌打開瀏覽器，登出陛下的社群網站帳號，改登入自己的帳號。

花小葵好熱好想睡：看到小夥伴問蜀黍帥不帥，怎麼說呢？做明星是完全可以的啦！不過一看就長得很不會做飯，所以待會兒要為難我的胃了，嗚嗚～～

21L：花魁就是來秀恩愛的……

34L：哈哈哈這形容……想知道長得不會做飯是什麼臉！

46L：多說一點同居生活啊！還有你們在三次元是怎麼走到一起的？真的好奇死了啊！

183L：陛下辣麼帥呢……不愧是男神，果然沒有讓我等失望！

271L：求花魁上照片，就算是背影也可以啊啊啊！

看到上面這一條評論，倒是提醒向小葵了，好像從她和陛下認識之後連一張他的照片都沒有呢。反正這會兒也無所事事，有想法了就立刻行動，於是她悄悄來到廚房。

廚房裡的戰況比向小葵想像中的要糟糕許多，地板上散落了一包超市買的那種雞蛋麵，白白的麵條摔得亂七八糟的。許是他覺得煮白麵應該更難，尤其還掉在地上過，所以就拿出一包向小葵之前買的泡麵來煮，此時他正往裡面丟調料。

她從沒見過這樣狼狽的厲清北，卻又覺得比平時的他更迷人。沒下過廚房，卻心甘情願為自己的女朋友煮麵什麼的……想想就心悸起來。向小葵立刻拿出照相機，對著厲清北英挺的背影拍了一張照片。

但是，她忘記關音效了。￣_￣|||

聽到聲音，原本背對著她的厲清北立刻轉過身，向小葵躲也不是，於是被抓包一樣尷尬的對他乾笑。厲清北很無奈的看她一眼，似乎被她的蠢勁搞得很無語。

他關了火，將煮好的泡麵倒進碗裡，端到餐桌上，對她說：「快吃吧。」

「哦。」

剛坐下，厲清北就朝她伸手，「手機給我。」

向小葵立刻做出保護的姿態，把手機護在胸口，問：「幹嘛？」

厲清北沒說話，只是輕挑了一下眉尾，向小葵立刻很不爭氣的把手機交上去了。厲清北拿過來，打開相簿，看到她拍得模模糊糊的照片，嘴角一抿，似乎頗為不滿意，然後指尖飛速在螢幕上點了幾下，就這麼……把她拍到的第一張照片刪掉了。

——混蛋啊啊啊啊！

向小葵已經在心裡嘶吼了，但當面還是不敢說什麼，畢竟她是沒經過蜀黍同意偷拍的……

厲清北接著就離開餐廳了，向小葵一個人在桌前淒冷的吃麵，一邊在心裡罵他小氣：早知道就不要這麼快原諒蜀黍了，男人才真的是翻臉比翻書還快啊，這麼快就不和她團結友愛了嗚嗚～～～

無限怨念的吃了半碗麵……不要問她為什麼只吃半碗，其實她的飯量也就這樣了，而且只是泡麵而已，又不是美味的包子！

一想到包子，她覺得有時候和蜀黍相處，自己就像個軟包子，任由他搓圓捏扁，尤其剛才她真的很不想讓蜀黍刪掉照片，可是又不敢說。

終於明白自己為什麼愛吃包子了，因為她就是一個包子啊！她和包子大人真的是惺惺相惜啊！

向小葵剛放下筷子，就聽到厲清北的腳步聲，然後他把手機交還給她。向小葵順手接過來，原本想放在桌子上的，可厲清北眼神立刻變了變，好像交給她什麼不得了的東西，而她卻沒有謝主隆恩、感恩戴德一樣。

她低頭看了看手機，下意識按了一下按鈕，螢幕剎那間亮了起來，然後……她差點飆鼻血啊！

她螢幕桌布什麼時候換成一個半裸的猛男啊！那腹肌！那顏色……健康色的肌膚上甚至還掛著水

珠啊！拍得跟時尚雜誌的男模一樣！

原來蜀黍剛剛是去自拍來著……

厲清北很滿意她的反應，說：「以後想看我，直接跟我說就行，不要偷拍。」

她紅著臉，蜀黍說得好像她跟變態一樣，但她還沒解釋，又聽他補充：「偷拍的不清楚。」

看他得意又自戀的表情，向小葵真是百口莫辯：「……我真的沒想偷拍啊！」

「嗯嗯，沒有、沒有。」

向小葵淚流滿面，這種敷衍的語氣是怎樣……

「吃完了沒有？」厲清北忽然話鋒一轉。

「嗯。」向小葵誠實答。

「飽了？」

「飽了。」

「很好，現在該輪到我了。」

「什麼？」

向小葵真的沒領會到厲清北話中的真諦啊！

接下來，她整個人被他從椅子上拉了起來，結實的手臂環住她的腰，迫使她靠近自己，厲清北眼底閃過一抹惡劣的笑，然後低下頭咬了一口她的脖子。

「輪到我吃妳。」他說。

向小葵也不知道自己是怎麼來到臥室的，總之一路上被蜀黍連抱帶啃的，就這麼暈乎乎的被他帶到了床上。

這時候她才徹底的意識到男人和女人力量的懸殊，因為她無論怎麼掙扎都跟小麻雀撲騰似的，根本撼動不了大樹一般的蜀黍……

好吧，她承認她真的也沒怎麼太認真的抵抗啦！o(*//▽//*)q

厲清北似乎很鍾情她頸部的位置，一直啃啃咬咬的，到最後弄得她有點癢，根本就忘記害羞那件事。向小葵伸出手推了推他，手掌心貼在他的胸膛上，隔著薄薄的布料都能清晰感覺到他的灼熱。

厲清北僅用一隻手就攥住她不安分的小手，抬起頭，充滿慾望變得深濃的眸子比任何時候都要性感，向小葵望進他的眼底，忽然就有些痴了。

——第一次看到蜀黍的唇是紅紅的……

如此花前月下，良辰美景，不進行點親密之事好像都對不起這夜黑風高的夜晚……

厲清北的眼睛變得越來越黑，望著她也越發的專注。緩緩的，他低下頭。

見他又要吻自己，向小葵也順從的閉上了眼睛。只是下一秒，她便感覺到胸口一陣翻湧，然後一聲尖利的聲音劃破了這寂靜的夜——

「嗝兒～～～」

頓時，厲清北僵硬了，向小葵也傻了。

嗚嗚嗚，剛才吃太快了，還沒消化就跑到床上躺著了，所以……/(ToT)/

可嗝雖然是她打的，但真的不怪她啊！

厲清北嘴角抽了抽，卻還是不願破壞這氣氛，復又要低下頭——

只是向小葵怎麼忍都忍不住啊！嗝、嗝、嗝的嗝不停啊！

她小心翼翼的張開眼睛，果然見到男人的臉已經黑得像鍋底一樣了……

她猜蜀黍此時心裡一定在咆哮了吧……他們親密一次容易嘛！容易嘛啊！(╯`□´)╯┻

曖昧的氣氛已經被向小葵徹底的破壞掉了，厲清北從床上起身，臉黑黑的就走出臥室了。

向小葵也從床上爬起來，欲哭無淚，還有比她更丟人的女主角嗎？！

不一會兒，厲清北端著一杯溫水進來，向小葵還每隔三、四秒就嗝一聲。

他將水杯遞給她，「一口氣喝掉，中途不要喘氣。」

向小葵乖乖的照他的法子將一杯水全部喝掉，然後等了十幾秒鐘，真的不打嗝了誒！

「好神奇！」她萬分驚喜的看向厲清北。

此時，厲清北也看著他，兩人都沉默著。

許是冷靜過後想起剛才發生的事，厲清北終於忍不住發出笑聲，一發不可收拾。

真的是很狂放不羈的那種爆笑啊！

這下輪到向小葵臉黑了，真的很丟人的好嘛！別再笑了！做人厚道點不好嘛！

厲清北的笑聲越演越烈，完全沒有收斂的意思。雖然很榮幸自己能讓男神笑得這麼沒形象，但是她真的很擔心蜀黍會在下一秒笑得背過氣去！

於是，臉紅紅的用手去堵他的嘴巴，厲清北躲了一下，但向小葵怎麼能讓他得逞呢！整個人幾乎撲過去，兩隻手不容抵抗的捂住他的嘴，厲清北似乎是沒料到，重心不穩，所幸一隻手護著她，兩人向後躺倒。

厲清北終於笑不出來了，向小葵很是得意，於是學他平時挑眉的樣子，十分挑釁的看著他。

誰知男人卻半點不快的情緒都沒有，反而意味深長的回望她。

然後……向小葵很後知後覺的察覺到男人睡褲下蓄勢勃發的灼熱，而且此時就抵在她的……

囧裡個囧！

意識到兩人正處於曖昧的姿勢，向小葵剛要離開，就被厲清北一拽拉了回去。

再度被男人壓在身下，向小葵已經明白這一次是真的躲不過了。

「害怕嗎？」他低頭，輕輕吻她的耳垂。

向小葵也不想騙他，咬了咬唇，點頭：「有一點。」

「我想讓妳知道，如果妳不願意，我是不會勉強妳的。」他認真的捧著她的臉說。

她當然知道，否則就在剛剛……或者剛搬來的那幾天，他想做什麼就都會做了。

其實，對蜀黍的喜歡，或許比她想像的還要多。

「蜀黍，我們以後會結婚嗎？」

不是逼他給自己什麼承諾，而是想多給自己一點勇氣。

聞言厲清北笑了，親她的唇角，「會的。」

她抱住厲清北的腰，臉埋進他的胸口蹭了蹭，「蜀黍，我們……在一起吧！」

厲清北真的很溫柔，一直都循序漸進，沒有給她絲毫的不適，只是因為進展太慢了，反而她會很不好意思。

男人後來脫掉她的牛仔褲，看到露出的印著小黃雞的淺黃色小褲褲，男人還是噗嗤一聲忍不住笑了出來。

向小葵囧囧有神，她怎麼就沒穿一條性感的胖次啊！

好吧，其實她根本沒有性感小褲褲。

厲清北抱著她滾到大床中央，唇在她的頸間輕咬，一邊含笑道：「我怎麼有一種侵犯小女孩的罪惡感呢？」

「我本來就還是個小女孩……」她氣若游絲的強調。

厲清北恍悟的點頭，隨後又說：「待會兒就不是了。」

在向小葵來不及害羞的時候，厲清北的唇又覆了過來，這期間她還發出過那種很羞人的聲音，厲清北好像很喜歡，不准她咬住脣，也不准她用手堵住嘴巴，總之好多個不准。＝＝

進行到你儂我儂的階段時，厲清北忽然起身，向小葵已經有點神志不清了，小手一直抓著他的睡褲。厲清北察覺到小小的拉力，立刻安撫的拍了拍她的頭，「等我去拿一下殺人工具。」

向小葵：「？！」

然後厲清北就去衣櫃的抽屜裡翻找起來，很快，滾燙精健的身體又壓了過來。

向小葵勉強凝聚焦距看到他正在剝開一個小東西的包裝，她鬆了口氣，原來是這種殺人工具，嚇她一跳呀……

咦？不對！蜀黍家為什麼會有這個……

還不容向小葵細想，下一秒就疼出聲。

厲清北暫停攻勢，濕濕熱熱的吻落在她全身，過會兒，他粗啞著聲音問她：「還疼嗎？」

向小葵眼圈紅紅的，雖然他已經盡量很輕柔了，但還是……

「很脹……」

厲清北抿脣笑了，「待會兒就舒服了。」

她望著他，全然信任的眼神，點頭說：「我不怕的，蜀黍。」

——將自己交給你，真的不害怕。

之後的兩小時，蜀黍終於得償所願吃掉了小白兔。

而小白兔呢，也沒有再出糗，被大灰狼狠狠的啃個一乾二淨了。

清洗過後，厲清北抱著向小葵回到臥室，她之前在浴室裡就很困倦，迷迷糊糊的睡著了。此時，她睡得更沉了，像貓兒一樣繾綣的窩在他的懷裡，兩人身上沐浴乳的味道糾纏在空氣中，絲絲密密的融合，一如之前的兩人。厲清北輕撩開她有些濡濕的髮，燈光幽暗，一時情動便低下頭來，親了親她的嘴角。

向小葵咕噥一聲，在他懷裡埋得更深，厲清北唇角微揚，從床頭櫃上拿出手機，對著她睡著的側眼拍了一張照片，然後用繪圖軟體加了效果，照片顯得更加朦朧，但隱約能見到她沉靜的輪廓和長長的睫毛。

厲清北將不太清楚卻很有意境的照片發上社群網站，並配上簡單的文字。

溫不語：晚安，寶貝。

★ ★※★※★※★ ★

第二天向小葵是被厲清北吵醒的，時間已過九點，超過她平時起床的時間，但她還是很想睡啊！

厲清北抱著她啃來啃去，向小葵都開始懷疑蜀黍的屬性一定是犬科動物。

神遊間，聽到男人還帶著起床氣的聲音問她：「還裝睡？」

嗚嗚，原來蜀黍早就知道她已經醒了。不過一大清早聽到蜀黍辣～麼～性感的聲音真是——忍不住就心悸啊！

連剛剛起床時的嗓音都這麼動聽，怪不得粉絲都想聽陛下嬌喘了……

不過她昨晚已經聽過了，特別粗重，而且到最後那一聲簡直讓她把持不住啊……

「待會兒我還要上班。」

「？」向小葵眨了眨迷濛的眼睛，不解。

「先讓我吃一口。」厲清北的回答如此簡單，如此赤裸裸……

在向小葵的堅持下，還是和厲清北一起來公司了。雖然用蜀黍的眼光來看，她連個花瓶都當不上，但至少全勤這麼簡單的事她還是能做到的。

兩人上了電梯後，在某一層又上來好多同事，厲清北站在後方，沒人敢往他那邊擠，於是都往向小葵這邊挪。最後她被擠到角落裡，腳步不穩差點撞到身後的欄杆上，幸好一邊的男人眼疾手快，將手擋在她的腰和金屬之間。

向小葵非但沒有感激，反而憤憤的看向他！

罪魁禍首！她到現在兩條腿都還是軟的，腰也特別疼！雖然早上蜀黍顧忌她的身體，沒有把她吃個透，但……

向小葵兩頰飄紅，兩隻手很不自然的糾纏在一起，想到之前用手替他……的畫面，就好尷尬。

厲清北居高臨下的看著她恨恨的小眼神，如果不是在場有這麼多人，他真的很想把她按在電梯裡好好的吻一吻。

終於，電梯停在了人資部這一層。

前面堵著好多人，沒有人動一動，向小葵為難之際，就聽到厲清北咳了一聲。

這一聲不只她聽到了，全電梯裡的員工同時都聽到了，起先他們是下意識的向後看了一眼，隨即接收到厲清北肅穆的眼神，然後又看到一邊略顯羞澀的向小葵，剎那間都懂了。

所有人都跟驚弓之鳥一樣，連忙走出電梯，讓路給她。

被這麼多人注目著走出電梯，向小葵腳步不自覺的加快，只想趕緊消失。

不過，天不從人願，她剛走出電梯，背後就傳來厲清北清冷的聲音：「中午等我一起吃飯。」

於是，向小葵在剎那間感受到背後一道道的目光更加灼熱。

——這一群八卦的人！

雖然很不想作為全公司八卦的女主角，但向小葵還是在午休時間跑去厲清北的辦公室。

反正有厲清北這個唯恐天下不亂的大BOSS，她也差不多名節不保了。

敲了敲門，厲清北還在工作，向小葵剛要和他說話，他做了一個噤聲的手勢，然後指了指耳朵上的藍芽耳機。

——原來在打電話啊。

向小葵會意，也學他指了指不遠處的沙發，告訴他自己去那邊坐會兒。厲清北輕笑，點點頭。

厲清北辦公室的沙發就是舒服啊，比她那張電腦椅要好多了，這一上午她都坐得超級不舒服，椅子太硬了啊。

厲清北的通話似乎還要維持好一會兒，向小葵無聊的開始擺弄手機，不知是不是心有靈犀，立刻接到程綠發來的訊息。

程綠：妳這傢伙！！！是不是被吃了！！！

向小葵臉一紅，程綠怎麼知道的？

不知道怎麼回呢，她猶豫著，手機忽然響了起來。

向小葵正心虛呢，嚇了一跳，差點沒把手機扔出去。一看到來電顯示是向媽媽，鬆了口氣。昨天她那麼急匆匆的就跑了，媽媽肯定也擔心了。

「媽~~」向小葵捧著手機軟軟的叫。

「小葵，在公司嗎？午休了沒啊？」

「午休了，正準備吃飯呢～～」

向媽媽聽了一會兒，說：「我怎麼聽到有男人說話？妳在公司吃飯？」

「呃……」向小葵看了一眼對面的厲清北，男人這時也看過來，向小葵立刻收回視線捂著手機扭到另一邊說：「是餐廳裡的人在說話。媽，妳找我有事嗎？」

向媽媽「哦」了一聲，說：「葵啊，這週末妳還回來嗎？」

「啊？還……不知道呢。」她剛和蜀黍在一起，現在還不想分開啊啊！

「妳最好週六的時候回家一趟，媽媽以前的一個同事也過來吃飯，說想看看妳。」

「看看我？」向小葵覺得奇怪。

「是啊，她帶著她的兒子來，咱們總要招待一下。妳和她兒子差不多大，到時候陪人家聊聊天，人家也不會那麼拘謹。」

「哦，好的。」向小葵不疑有他。

和向媽媽又簡單說了兩句就掛掉電話，向小葵轉身，立刻被眼前不知何時出現的男人嚇了一跳。

「誰來的電話？」厲清北坐在她對面的茶几上，穿著黑襯衫，領帶鬆鬆垮垮的。

向小葵禁止自己垂涎男人的美色，答：「我媽要我週六回去吃飯，她的老同事帶著兒子去我家做客。」

厲清北挑眉：「妳還沒跟妳媽說起妳有男朋友？」

怎麼話題又拉到這裡了？向小葵搖頭說：「還沒來得及呢……」

「那好。」厲清北冷靜的下決定：「週六我陪妳一起回去。」

「啊？」聽到厲清北要和她一起回家的消息，向小葵有點吃驚。

見此，男人眼神一沉，「怎麼，不願意？」

「不、不是……」向小葵弱弱的答：「就是覺得太快了。」

她還沒想到要怎麼跟媽媽說呢，而且突然帶一個男人回家，媽媽會不會被嚇得犯心臟病啊？

厲清北失笑：「快？經歷過昨晚，妳還嫌快？」

向小葵一愣，然後腦海中立刻浮現出昨晚兒少不宜的畫面，雙頰一熱，心想：蜀黍真是……越來越喜歡調戲她了。

向小葵已經賴上厲清北辦公室的沙發了，完全不想走。外邊現在正熱，厲清北也不想讓她曬到，打了電話給秘書，叫她訂兩個餐盒過來。於是，正準備要吃飯的秘書還要先打電話給附近的餐廳訂餐，真是苦命。

吃飯時，厲清北將向小葵喜歡的菜都夾給她，她不吃洋蔥和蘿蔔，所以他主動夾到自己餐盒裡。

忽然，厲清北像是想到什麼，隨口道：「週六之前妳先聯絡阿姨，就說上司要去。」

「啊，為什麼？」

厲清北春風拂面似的一笑，順了順她的頭髮，「乖，先聽我的。」

向小葵點點頭，總覺得蜀黍這一笑真的好可怕，不會有什麼陰謀吧？= =

吃過飯，又被厲清北親親抱抱好久，向小葵才被放行回到辦公桌前。

剛坐到自己的椅子上，她又收到一封簡訊，還是程綠。

程綠：死丫頭，有男朋友就不理我了是不是！

程女王生氣起來可不是蓋的，向小葵連忙回：不是不是，剛才真的在忙。女王有何吩咐？

程綠：妳上站就知道了，然後我要聽最詳細的版本！

向小葵很納悶，放下手機，用辦公用的電腦打開社群網站，登入自己的帳號。

看到將近三萬的轉發和評論，向小葵整個人都傻了。

「這是發生了什麼……」

不過，能造成這般轟動效應的，也就只有陛下了。

向小葵隨手點開溫不語的個人頁面，果然，看到他昨晚發的最後一條訊息。

配圖很黑，有些模糊，但向小葵還是認出了自己。

蜀黍竟然趁她睡覺的時候偷拍自己……她心裡沒有絲毫的不悅，反而會覺得很甜蜜。

厲清北在二次元的身分，已經和明星差不多了。其實他大可以和之前一樣低調，但他卻冒著失去很多女粉絲的風險選擇了公布和她的戀情，這舉動無關乎他想要宣揚什麼，而是在給她安全感，讓她知道，這一輩子他只認定她一個人。

向小葵已經滿心的感動了，打開下面的評論，很驚訝竟然沒有一條負面的留言。

381L：好幸福！

452L：我能說我是最近看到有關兩人在一起的故事，所以萌上這一對CP了嘛！

872L：這是花魁？軟妹子啊啊啊！

1121L：不愧是魔高一丈的陛下哈哈哈，花魁沒發陛下的照片，反被陛下搶先了！好想知道兩人在一起是不是也好萌啊！

2615L：陛下的微博滿滿都是寵溺！都是愛啊！

4621L：求多發點溫小花日常！

8172L：同求！

18271L：二次元真正能走到最後的CP不多了，看得出陛下真的很愛花魁大大，也希望兩位大大能一直恩愛下去。

社群網站幾乎鬧翻天了，留言也實在是太多了，而且大部分都是求兩人當初在一起的細節，向小葵也不知道怎麼回。

而且最重要的，是程女王要聽昨晚他們和好的最新版本……

向小葵不好意思在電話裡說，就謊稱自己不方便講電話，只能發簡訊，於是兩人一問一答的拷問持續了一整個下午，一問到有關十八禁的問題，向小葵就紅著臉含糊跳過。

不過，昨晚十八禁的情節實在太多了好不好！所以接下來的幾個小時，向小葵的臉都是紅紅的，一旁的Linda擔心她隨時會自燃起來……

★　★※★※★※★　★

下班後，和厲清北在外面吃完飯回到公寓，向小葵就跑到書房上網了。

呃，其實是她單獨和蜀黍相處還會有點不好意思，所以先躲一會兒。

厲清北恰好也忙，最近一個專案剛剛啟動，每天都在調配各個部門配合工作，剛回到家就有電話打進來，乾脆就由著她去了。

向小葵剛登上語音聊天室，進了群組，就被團子大人她們拉去拷問。

「花魁終於逮到妳了！好奇死我們了啊啊啊！妳快點從實招來，怎麼和陛下勾搭上的！」

什麼叫勾搭啊……向小葵心裡嘀咕著，但還是大致把自己和蜀黍在一起的事情說給群組裡的人聽，否則她們是不會放過她的。＝＝

聽完後，群組整個沸騰了！團子大人的尖叫幾乎貫穿過來，向小葵的耳朵都受驚了。

「這就是緣分啊！不行，我要去站上發訊息。」

團子大人說完，果然去發訊息了。

進擊的團子：剛聽完某人的愛情故事，萌得我們一臉血！簡直就是現實版《霸道總裁愛上我》！

還有哦，某人現在還是學生，不過目前正在男神的公司上班呢，姦情無限吧嘿嘿～～～

21L：天辣，猛料啊！

182L：好奇陛下大某人幾歲啊……

462L：求爆照！求錄音！

1726L：這一對真是好奇死我了……

2118L：史上最萌CP！必須滴！

向小葵正和群組裡的人亂侃，突然聽到一道甜甜的聲音插了進來。

「陛下和花魁好恩愛哦，真讓人羨慕。」

陌生的聲音讓向小葵愣了一下，然後看向視窗左側的成員欄位，只有一個名字是她之前沒見過的——蘑菇飯飯。

「啊，還沒向妳介紹呢，花魁。」團子大人說：「飯飯之前做畢設，忙得很，就沒拉進群組裡，《忘川》裡寧嫣的角色就是飯飯來配。」

「妳好，飯飯，我是花魁。」向小葵打招呼。

「妳好，我聽說過妳。」蘑菇飯飯笑著說：「妳最近好紅。」

向小葵囧，拜陛下所賜，她現在的確是風雲人物。

「聊什麼呢？」

忽然，厲清北的聲音傳來。向小葵抬起頭，見男人朝自己這邊走了過來，剛要開口，就被耳機裡眾人的尖叫聲嚇到了。

「啊啊啊啊！陛下在用花魁的麥克風！兩人用同一個麥克風！」

金剛喵喵制止團子大人發瘋：「廢話，小倆口現在住在一起呢！用同一個耳麥沒什麼新鮮的！」

「同居什麼的哦～～～」壯士你好白曖昧的笑。

向小葵臉紅，團子大人的聲音太大了，所以厲清北也聽到了一些。他走過來將向小葵從椅子上拉起來，自己坐了上去，緊跟著把害羞的某人拉到自己腿上。

「哎呀，你幹嘛？」向小葵扭來扭去。

厲清北攬住她的腰，壓低聲音：「別動，惹出火來我可不負責。」

「……」向小葵立刻僵住了，再也不敢動，嘛著嘴不理他，然後看到螢幕……

打字區被洗爆了有木有！

排山倒海的驚嘆號有木有！

全都發那種留著口水很淫蕩的圖有木有！

向小葵流著黃果樹瀑布淚，她好像又忘記自己的麥克風是開著的……所以剛才和蜀黍的對話，全部都透過麥克風傳給群組裡的八卦分子了，嗚嗚嗚，她的清白……

還有，這種竟然沒一個人出聲提醒她一下，一定是貪圖陛下性感的聲音，這群壞人！再也不想跟她們玩耍了……QAQ

厲清北倒是很大方的向大家打了聲招呼，還跟群組彙報了一下配劇的事：「這幾天我很忙，乾音估計要延後幾天交。」

陛下都開口了，這幾個人也沒法裝作不存在，團子大人說沒關係。

壯士你好白也開口：「不交乾音可以，欠我們的嬌喘先交出來！」

厲清北挑眉問：「我什麼時候欠妳們這些了？」

溫不語配劇，從來不配十八禁橋段，所以大家都特別希望能聽到陛下喘一喘！

「是花魁答應我們的哦！」

厲清北看過來，向小葵顯然還處於驚訝狀態，連忙對他搖搖頭，表示自己也不知道這件事。

男人沉吟了一會兒，然後說：「可以，不過妳們得先說服某人配合我。」

頓時，耳機裡立刻傳來一片歡騰。

向小葵：「！！！」

——關我什麼事啊……(╯`□´)╯┻━┻

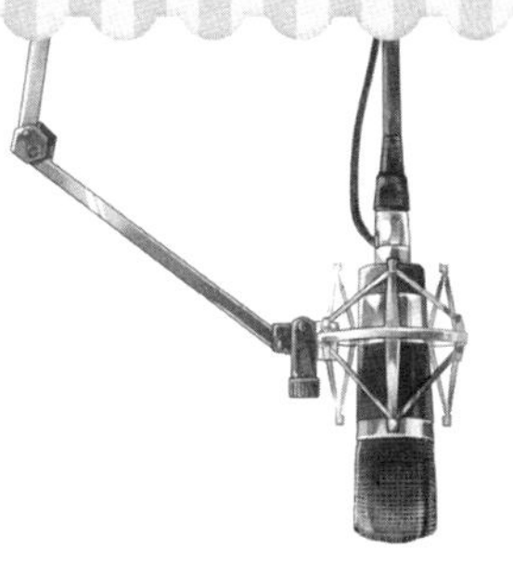

第四章

真是隨隨便便都會中槍有木有！

眼看團子大人趁勢立刻將厲清北拉入聊天室，向小葵第一反應就是跑。

「那個……我去倒杯水喝……啊！」

厲清北哪裡會讓女主角這麼容易落跑？重新把她禁錮在懷裡，指著自己的唇，「吻我一下。」

向小葵窘迫極了，總覺得電腦螢幕裡，此時好像有無數雙眼睛在看他們一樣。因為顧忌聲音會透過耳麥傳出去，所以她很小聲的哀求：「別鬧了好不好？」

厲清北像是沒聽見，眼神很堅定，又說了一遍：「吻我。」

男人的聲音已趨於暗啞，充滿了那種厚重且鋒利的磁性，低低的，單是聽到就會讓人面紅耳赤。

「真的不要鬧了啊啊啊！！」雖然作為溫不語的鐵粉也表示很想聽陛下嬌喘，但她並不想當女主角啊！

這一次厲清北已經不再給她置喙的餘地，直接用抵著自己薄唇的手指轉而移到她的下巴，輕輕挑起，就這麼覆了上去。

「唔唔……」向小葵沒有防備，男人的舌很輕易的入侵。

到最後，厲清北高超的技巧立刻逗弄得她全身虛軟，兩隻手緊緊攥住他襯衫的衣領。於是，聊天室語音區安靜了好一會兒，除了那細微的嚶嚀聲，口舌相纏的潤澤聲，還有男人壓得很輕的喘息聲。

在向小葵缺氧之前，厲清北終於放開她，男人將臉埋進她的頸窩，向小葵還處於茫然中，下一秒卻聽到很讓人浮想聯翩的聲音——

「嗯……嗯啊……葵，不要……」

向小葵再一次Cos雕塑……

除了昨晚，咳咳，向小葵也沒聽到過蜀黍嬌喘，所以此時此刻在她清醒的時候聽到，真的徹底了解什麼叫做血液上湧……

而聊天室的打字區上也開始一番喪心病狂的洗版。

團子大人：要瘋了要瘋了！陛下連嬌喘都這麼攻！

金剛蘿莉小喵喵：聽得心臟都要跳出來了啊！聽完陛下嬌喘，從此節操是路人啊！陛下，我要做你的腦殘粉！

莫失莫忘：囧，我聽到了什麼？＝＝

壯士你好白：跪舔陛下！請收下我的膝蓋！

團子大人：莫莫把持住啊！陛下雖然性感迷人邪魅狂狷，但已經名草有主了。

莫失莫忘：……

向小葵目光掃了一眼不斷洗版的螢幕，心中默默吐槽：你們只是隔著耳機聽就把持不住，我這個當事人不是更……而且，我現在還被陛下抱著呢！

最讓向小葵尷尬的是陛下好像有了感覺呢……

抵在自己臀下那個讓人無法忽視的小弟弟，好像已經起立了……o(╯□╰)o

不知道過了多久，厲清北恢復冷靜平淡的聲音：「好了。」

群組裡都在抱怨怎麼這麼快，向小葵卻覺得這一分鐘慢得簡直撕心裂肺。

抬眸，恰好對上蜀黍似笑非笑的眼睛，向小葵立刻躲閃他的目光，滿臉通紅。她覺得，自此以後，再也沒辦法直視蜀黍了……

團子大人他們早就有預謀的將剛才那一段錄了音，然後又很貼心的將錄音貼到了網站上。

進擊的團子：來來來，你們要求的嬌喘，陛下VS花魁的現場版！皮埃斯：請備好紙巾、強心劑等物，順便將119設置為快速鍵，失血過多概不負責。

1L：臥槽！這真的是陛下！好淫蕩！

2L：樓上說什麼呢？明明是好性感！

457L：啊啊啊啊啊！表示對花魁羨慕嫉妒恨，每天都能聽到陛下各種嫵媚音！

2171L：這一對要不要這麼恩愛啊……

7716L：自從和花魁在一起，陛下出鏡率好高！連這種東西都發出來了！

11826L：屌爆了！跪求花魁大大出一本馭夫手冊！

27161L：耳朵已懷孕……ORZ

短短幾分鐘，陛下的錄音在社群網站上被轉發了將近三萬次。

不過兩位當事人對這個已經沒有時間去關注了，因為女主角此時被男主角扣押在臥室，強迫聽男主角嬌喘N次……

★　★※★※★※★　★

自從公開和厲清北在一起之後，向小葵的工作就越來越少了。一開始她還會據理力爭，到後來

Linda乾脆拿一些已經整理好的資料給她校對，讓她打發時間。

向小葵覺得自己是來實習的，又不是來吃白飯的，而且和忙碌的同事比起來，自己這麼清閒好像特別不公平。於是，她去找厲清北抗議。

誰知厲清北聽完後，告訴她：「妳的專業性不強，重要文件牽涉太多公司內部資訊，自然不能交給妳做。至於一些簡單的資料處理，也有那些真正的實習生去做，總要給他們鍛鍊熟悉的機會。」

「可我也是實習生啊！」

「妳是，但對於他們來說，妳有比任何人都重要的工作要做。」

「什麼？」

厲清北把某人抓過來，抱到膝上，薄唇落在她的頸子開始日行一咬，一邊嚴肅的說：「妳的工作，自然是哄好他們的上司。我高興了，他們在我手下工作也輕鬆。」

於是，向小葵每天的重要工作就是哄厲清北開心。

由於她鞠躬盡瘁，成效明顯，Linda等人也對向小葵越發關照，一邊感嘆愛情果然是偉大的，滋潤得頂樓那位持續數月的暴躁症都好轉了。

★　★※★※★※★　★

轎車停在郊區某一個社區的樓下，向小葵看著厲清北打開後車箱，從裡面搬東西，她不安的問道：「跟我媽說你是我上司真的好嗎？」

她到現在仍不明白為什麼都直接來見家長了，他卻聲稱自己是她的上司。

厲清北將買好的禮物拎在手裡，鎖上車，對一旁忐忑的女孩笑了笑，「不放心我？」

「不是，就是不明白……」

他騰出一隻手揉亂她的長髮，「快上去吧，第一次見面不要遲到。」

向小葵按響了門鈴，來開門的是向媽媽。

雖然之前接到女兒的電話，說上司順便來家裡吃飯，但見到站在門外的男人時，向媽媽還是愣住了——居然這麼年輕！

「快，快進來。」向媽媽熱情迎接：「孩子他爸在廚房，飯菜馬上就好了。」

厲清北一進門，小小的玄關顯得更狹小了。他微笑著，將手裡的東西放在門口處，說：「阿姨，第一次來沒帶什麼東西，都是一些簡單的補品，給您和向叔叔補補身子。」

「哎呀，哪還有讓您花錢的道理，您這麼照顧我們家小葵，其實應該是我們去看您才對。」向媽媽立刻客氣道。

厲清北笑了一下，沒更深入的表示什麼，一旁的向小葵聽到媽媽稱呼厲清北為「您」，彆扭的癟了癟嘴巴。

——媽，用敬語稱呼妳未來的女婿真的好嗎……

「來，我向你們介紹一下。」向媽媽將兩人帶到客廳，「小葵，這位是媽媽的同事劉阿姨，旁邊這位是劉阿姨的兒子付釗。小劉，這是我們小葵，這位是小葵的上司，厲先生。」

劉阿姨從上到下掃了一遍向小葵，滿意的點頭：「這麼多年沒見都長這麼大了，越長越漂亮了呢！小葵，妳估計也忘了妳的付哥哥了吧？你們兩個小時候還一起玩過泥巴呢！」

向小葵看向劉阿姨身邊的付釗，很斯文的男孩子，戴著眼鏡，穿著白襯衫和牛仔褲，不過她的確沒什麼印象了。

這時候，一直沒出聲的厲清北向付釗伸出手來。付釗只顧著看向小葵，見眼前忽然冒出一隻手，抬起頭，對上厲清北深沉難測的笑容，不知怎的心裡一跳，立刻略微冒失的回握了一下，「您好、您好！」

厲清北仍是從容不迫的，嘴角一直掛著客氣卻也疏離的淺笑。他今天穿著合身精緻的西裝，加上在商場上練就一身不怒則威的氣場，和身高一百七十幾的付釗站在一起，立時有了高下。

不久之後飯菜都做好了，向爸爸從廚房出來寒暄了幾句，幾人來到餐廳。

席間，劉阿姨一直誇自己的兒子，誇得當事人都覺得不好意思了。

向媽媽自然要從中幫腔，時不時還叫上向小葵發表一下看法，意圖就是吸引住向小葵的注意力。

只可惜她閨女太遲鈍，聽到現在都沒察覺出這是一頓相親飯。

忽然，厲清北放下筷子，和氣的問：「付先生是做哪一行？現在在哪裡高就？」

付釗不知怎麼就是有點害怕厲清北，忙說：「談不上高就，我目前在厲笙分部做市場調研。」

厲清北點點頭，又不說話了。劉阿姨這時把話題接了過來：「那間厲笙公司可厲害了，福利待遇都是咱們本市最好的，我們付釗當初一畢業就進厲笙實習了，要知道他們公司當初在學校裡就只招兩個應屆畢業生呢！」

向媽媽聽得有點迷糊：「厲笙？怎麼這麼耳熟。小葵，妳的公司是不是也叫厲笙？」

被點名的向小葵抬起頭，看到一桌子人都好奇的看著自己，她嚥下嘴巴裡的菜，點頭：「那個，我在總部的人資部。」

劉阿姨沉默，隨後笑道：「哎呀，小葵也這麼厲害啊！這樣的話，和我們付釗也算是同事了！」

向小葵笑了笑。

劉阿姨說：「小葵在人資部的話，是不是招人什麼的都是你們這個部門來負責？我們付釗如果去總部的話，小葵說得上話嗎？」

聽完，向小葵的表情是「(⊙﹏⊙)」這樣的。然後，她小心翼翼的瞥向一旁的厲清北……

察覺到她的目光，緊跟著所有人的視線也都移到了男人的身上。

劉阿姨立刻醒悟過來，這裡坐的不是別人啊，是向小葵的上司啊！也就是說，直接找他比找向小葵還好使啊！

「哎呀，瞧我！厲先生您別見怪，主要是我們付釗在厲笙那也做了兩、三年，卻一直都在分公司，我心急了點。」劉阿姨斟酌了一下，語氣更熱情了，也帶著一絲試探，「厲先生是小葵的上司，那該不會是人資部主管什麼的吧？」

厲清北不作聲，只是含蓄的微笑。

向小葵只能替他回答：「呃，是我的頂頭上司。」

「啊？是經理？」劉阿姨有點驚了，這年頭經理級人物還會來員工家家訪？

「呃……」

向小葵正猶豫該怎麼說厲清北其實是最最最大的那個上司時，付釗終於意識到什麼。

「您姓厲？」付釗充滿敬畏的問了句廢話。

「嗯。」

「天啊！厲總！」付釗忙站起來，所有人都看到他緊張的在口袋裡掏來掏去。很快，付釗找出一張自己的名片，探過半個身子雙手奉上，「厲總，這是我的名片。真沒想到會有幸和您一起吃飯。」

厲清北笑著收下，很有老總風範的說：「只是便飯而已，不要弄得這麼緊張，坐。」

付釗也意識到自己太那啥了，連忙坐下，順便擦了擦額頭上的汗。

真是太戲劇性了……

向小葵緩過神來，閉上因為驚訝而張開的嘴巴，收回視線時，卻見全桌人都用自己剛剛那種很傻裡傻氣的表情望著厲清北，包括向爸爸向媽媽，還有已經呈現放空狀態的劉阿姨……

——蜀黍，你這樣腹黑真的大丈夫嗎……

當著大BOSS的面就託關係、找後門什麼的……劉阿姨在接下來的二十分鐘再也不敢說一句話，更不敢再誇自己的兒子如何如何優秀，因為在座的還有一位更優秀的呢！

不過厲清北倒是一反常態，主動和付釗攀談，語氣更是像春風一樣和煦。

付釗自然知道這是給自己表現的機會，於是對目前手上的一個企劃案侃侃而談。厲清北時而點頭，時而提出自己的寶貴意見，沒過多久，付釗對厲清北心服口服，話語間也多了欽佩之意。

用完晚餐，一行人移步客廳，向小葵幫向媽媽端水果，剛進入廚房就被向媽媽拎到角落裡。

「小葵，那個厲先生真的是你們的大老闆？」

向小葵點點頭。

「真是年輕有為啊，一點架子都沒有，剛剛還跟你爸說讓他多注意身體、少喝點酒什麼的。」向媽媽說：「你們公司的主管都對員工這麼好啊？還往員工家送禮？」

向小葵語塞，她真想告訴媽媽：妳就當是女婿給妳的見面禮，別客氣……

之後，向小葵端著水果放到客廳的茶几上，厲清北身邊有個空位，向小葵很自然的要坐過去。

向媽媽卻覺得不妥，忽然出聲：「葵啊，去搬張凳子來，別和厲先生擠。」

向小葵看了看厲清北周圍空出的好大一塊地方，哭笑不得，媽媽就差替他燒個香當大仙一樣供起來了。

厲清北沒發表意見，向小葵只好去搬張凳子坐。

沒過多久，向一凡回來了，他比向小葵大幾歲，所以對劉阿姨和付釗都有些印象，先問了好，後來視線轉到厲清北的身上。

「一凡，這位是小葵公司的上司，厲先生。」向媽媽熱情的介紹。

向一凡一聽是妹妹的上司，於是也恭敬了幾分，在牛仔褲上擦了擦手上並不存在的汗水，才伸出手說：「您好、您好，我是小葵的哥哥。」

厲清北回握。

接下來，就是一派的全家大和諧的畫面。

向一凡好不容易逮到了一個商業大佬，在厲清北有意無意的將話題帶到未來就業的問題後，向一凡開始暢談自己想要開連鎖超市的夢想，厲清北聽得也很耐心。

八點半的時候，劉阿姨帶著付釗告辭，向小葵和厲清北起身相送，付釗簡直要嚇死，鞠著躬將厲清北又送回客廳，向小葵囧囧有神。

向媽媽他們三人送完劉阿姨後回到客廳，就見厲清北和向小葵站在那裡，向媽媽瞪了一眼向小葵，埋怨她招待不周，忙客氣道：「厲先生再坐會兒吧，吃個桃子什麼的。」

厲清北卻沒有坐，而是忽然牽住向小葵的手，「阿姨、叔叔，其實我這次過來，也是有一件很重要的事，想得到你們的同意。」

向媽媽一看兩人緊握在一起的手就明白了，不過還是不太敢相信。剛剛還是上司來著，怎麼一會兒工夫就變成想要追求自家閨女了？

心裡起疑，但礙於之前厲清北表現太好，又用上司的身分給了向媽媽先入為主的印象，所以向媽媽也不好像對待其他男孩那樣查戶口似的盤問，只好說：「小葵感情的事，我們也不會干涉太多，只要你們願意就好。」

厲清北臉上終於出現很明顯的笑意，語氣卻仍舊不卑不亢：「謝謝叔叔，謝謝阿姨。」

又簡單聊了幾句，時間已經不早，厲清北起身告辭，向小葵也開始收拾自己的背包，把手機什麼的都拿好。

「葵啊，明天不是週末嘛，今天就在家裡睡一晚吧，省得還要勞煩厲先生送妳回宿舍。」

聽到向媽媽的話，向小葵看了一眼厲清北，他點點頭說：「也好，妳在家多陪陪叔叔和阿姨，明天我再來接妳。」

「哦。」要分開了，向小葵抿抿嘴巴，將背包放回沙發上。

厲清北這時候卻沒動，眼睛只看著向小葵。向媽媽反應很快，推了推女兒說：「去送送吧。」

在父母面前不敢造次，所以直到兩人下了樓，厲清北立刻把向小葵帶到樓門口的角落裡。

向小葵被他推到牆上，剛開口：「髒……唔！」

厲清北吻了上來。

過了很久，向小葵氣喘吁吁，厲清北見她面頰嫣紅、雙眼迷離的樣子，很是滿意。

「明天我就接妳回去。」他低聲附耳道。

「嗯。」向小葵紅著臉點頭。

「晚上想我就打電話給我。」

「才不會想你呢……」她嘴硬。

厲清北發出沉沉的笑聲，在寂靜的樓道中很是清晰：「好，那我想妳了，我打電話給妳？」

向小葵勉為其難的答應了。

厲清北漆黑的雙眼就這麼眨也不眨的望著她，看得向小葵渾身都不自在。忽然，他大力的抱住她，說：「真不想讓妳留下來。」

低低的耳語像是一條線拉扯著向小葵的心，她差點就要脫口而出蜀黍帶我一起回去吧！

須臾，厲清北鬆開她，揉亂她的髮，這是他很喜歡的小動作。

「阿姨那裡，就交給妳了。」

向小葵有點茫然，但還是點點頭。

等到向小葵回到家，才知道厲清北的話是什麼意思。此時，向爸爸、向媽媽和向一凡就跟等邊三角形似的分別坐在L型沙發的三個角落裡。

——這是要三堂會審了嗎……

向小葵認命的坐在犯人席。

「妳和那個厲先生，什麼時候開始的？」向媽媽問。

「呃，就前幾天。」

「他真的是厲笙的大老闆？」問這話的是向爸爸。

「也不算吧，大老闆是他哥哥，他排老三。」

「那就是家族產業了！」向爸爸驚奇道。

「應該算是吧。」

「那他有開超市的計畫嗎？」

「我不……咦？」向小葵看向一臉期許的向一凡，額頭冒出三排黑線。

向媽媽啪的一聲把茶几上的雜誌扔向兒子，「現在說你妹妹的事呢，打什麼岔！小葵啊，妳說他這麼厲害，家世有這麼好，和妳能是真心的嗎？」

向小葵倒是很想得開，「不真心的話，我身上也沒什麼好騙的吧？」

向媽媽想反駁的，但是思考了好一會兒，氣餒道：「也是，要姿色沒姿色，要心眼沒心眼的。」

向小葵：「……」

「我就是擔心啊，人家條件這麼好，跟咱們門不當、戶不對的。其實啊，還不如找個和咱們家相襯的家庭做親家，比如我看付釗就不錯啊……」

向媽媽還沒說完，向一凡就開了口：「得了吧媽，剛剛付釗和厲先生在一起的時候妳沒注意到嗎？和厲先生相比起來，付釗簡直就是一個渣渣。」

向媽媽不解的問：「什麼是渣渣？」

向一凡：「……」

向爸爸說：「好了，閨女的事情我們還是別操心了，我看那厲小子就很好，人也沉穩懂事，沒有那些富家子弟的惡習。我活了這麼大歲數，看人很準，我覺得他跟咱們小葵在一起就不錯！」

向小葵被「厲小子」這個稱呼逗笑了，然後注意到向媽媽拋來譴責的目光，立刻裝作正經狀。

「爸媽，你們真的不用擔心，如果蜀……清北只是逗我玩玩的話，根本不會來拜訪你們啊！他就是認真思考過我們兩個人的未來，今晚才會跟著我一起回來請求你們同意的。而且我很喜歡他，我相信，他也會用同等的喜歡回應我的。」

向媽媽沉默了一會兒，她是第一次看到女兒如此堅定的執著某一件事，輕嘆一聲：「好吧……不過我醜話先說啊，在妳畢業之前，還是要把重心放在學習上，知道嗎？」

向媽媽的意思向小葵明白，見媽媽鬆口，她立刻笑嘻嘻的纏上去，「媽，妳放心吧，就算我亂來，蜀黍也會有分寸的！」

「什麼亂來，妳敢！」向媽媽忽又一皺眉，「妳叫他啥來著？」

「呃……」

終於結束會審，向小葵先去洗了個澡，然後回到臥室，剛關上房門就聽到敲門聲。

「我的葵啊，好葵花啊，給哥哥開門。」

向小葵翻了個白眼，打開房門問：「幹嘛？」

向一凡嘖嘖兩聲：「這是妳對大恩人的態度？我剛剛白跟老媽為你們倆求情了！」

「有話快說！」

向一凡嘿嘿一笑：「那個，妳回頭跟妳家那口子美言幾句，幫我投資開個連鎖超市啊……喂喂！當我面就關門也太絕情了吧……」

向小葵不理會向一凡在門外叫囂，反正她才不會去找蜀黍要錢什麼的。雖然人家是有錢，但是沒有義務來救濟他們家啊！她想要的關係是很純粹的，並不想摻雜金錢那些亂七八糟的東西。

剛將向一凡拒之門外，手機就響了起來。

向小葵看到來電的人是厲清北，立刻按下接聽鍵，「蜀黍，你到家了？」

厲清北說：「剛到家。妳那邊怎麼那麼吵？」

「我哥啦！嚷著要開超市什麼的。」

他了然，說：「我剛和妳哥哥聊了幾句，他還挺有想法的，只是經驗不足，需要再磨練幾年。」

「反正我哥最會糊弄人了，你別管他。」向小葵還是不放心，囑咐：「如果我哥要你投資啥的，你直接無視他就好，我不會怪你的。」

手機聽筒傳來男人充滿磁性的笑聲：「現在就開始胳膊肘往外拐了？」

向小葵一愣，臉紅道：「你胡說八道什麼！」

厲清北笑意更濃，「我很高興，小葵。」高興她已經在不知不覺當中，將自己當作她心中最重要的人了。

「我明天一早就去接妳，好不好？」他在電話中問。

向小葵躺倒在大床上，望著白白的天花板，想像著男人說這句話時候的表情，輕輕的嗯了一聲。

「好。」

和厲清北通完電話，向小葵一時半會兒也睡不著，於是又打電話給程綠煲電話粥。

聽向小葵講述完今天帶男友見岳父岳母的事，程綠沉默了片刻，咬牙道：「陰險啊陰險。」

「什麼陰險？」向小葵不解。

「當然是妳家蜀黍。」程綠就知道向小葵不會明白，於是耐著性子解釋給她聽：「妳想啊，他去妳家為什麼不說自己是妳的男朋友，而是上司？就是因為他要利用自己的身分站在制高點上，以絕對的優勢掌握到主動權。」

向小葵還是不懂，程綠接著說：「如果在這之前就知道厲清北是妳的男朋友，那對於向媽媽來說，他和付釗根本沒什麼區別，因為她是以看待未來女婿的標準來衡量他們。可是，厲清北除了家世好一點、長得帥一點，還有什麼優勢呢？」

「囧，這還不算優勢嗎？」

「那是在妳我眼裡，可在家長眼裡，他們更希望自己的女兒找一個更門當戶對、更平凡一點的男人作對象，尤其妳這智商，和厲清北在一起的話，結果一定是被他吃得死死的。而付釗呢，向媽媽也算是從小看著他長大，又知根知底，和付釗他媽又有多年同事的情誼在，如果這樣比起來，厲清北就毫無勝算了。」

向小葵聽得已經圈圈眼了。

「所以，厲清北率先掌握了先機，就算向媽媽看出點什麼，但礙於他是妳上司的這層關係在，也只能對他客客氣氣。更何況，付釗得知厲清北的身分，無論他對妳有什麼想法也不敢付諸行動了。先剷除了最大的情敵，再說明想要追求妳的意願，向媽媽眼看未來女婿人選後繼無人，這位又挑不出什麼缺點來，估計只能贊成了。」

程綠很容易就猜到厲清北如此做的目的，可對於向小葵來說真是好大一盤棋。

不過，蜀黍這麼費盡心思，是不是變相說明她對他已經重要到必須步步為營的地步了？想想反而

覺得有點開心吶～ ❨ˊᐁˋ❩

★　★※★※★※★　★

第二天一早，厲清北就來了。

向媽媽沒想到他這麼快就來接女兒，難道不該晚上再來，讓小葵多在家裡待一會兒嗎？可一看女兒絲毫沒有不開心，反而一蹦一跳的跟著人走了，向媽媽心都碎了一半。

果然女大不中留啊，這水還沒潑出去呢，就覆水難收了。

向小葵上了厲清北的車，迫不及待的心情根本掩飾不住。

厲清北掩脣輕笑：「想去哪玩？」

——對哦，時間還這麼早。

向小葵是標準的宅女，問她想去哪，一時間反而答不上來。看了看車外悶熱的天氣，她猶豫了一下，說：「要不，回家？」

厲清北揚眉，忽而很危險的笑了一下，「妳確定要跟我回家？」

「是啊，外面太熱了啊。」

「那我們有一整天的時間在家，幹點什麼好呢？」厲清北的眼神已經變得很邪惡了。

向小葵微怔，下一刻臉蛋飄上兩抹紅，「那個……我們還是出去玩吧。」

於是，兩人愉快的決定去爬山。

向小葵的家在郊區，距離風景區開車只需要半個小時，厲清北將車停在售票處，買了兩張門票。

向小葵高估了自己的體力，剛爬了半個小時就拖在後面了，上氣不接下氣。反觀厲清北，悠哉悠哉的在前面走著，背脊挺拔筆直，絲毫不見一絲疲意。

向小葵深呼吸，小碎步一口氣跑到男人身邊，好奇的問：「蜀黍，你都不累嗎？」

相比起她天天上學，蜀黍也是天天坐辦公室的人啊，為啥差距就這麼大？尤其一想到某人的腹肌，她覺得太不公平了，常年坐辦公室不是應該大肚子的嗎？

厲清北偏頭掃了她一眼，「累了？」

「爬不動了。」向小葵瞇起眼，「蜀黍，快說，你是不是有瞞著我每天偷偷的運動？」

「沒有。」

「不可能！那為什麼你體力都這麼好？」

厲清北慢悠悠的說：「我運動的時候妳都在場。」

「什麼時候？我怎麼不記得？」偷偷跑去健身房神馬的，還想抵賴！

厲清北停了下來，轉身面對她，陽光投射到他的背後，一片黑漆漆的陰影頓時遮蓋了向小葵。

「前天下午在客廳裡妳在場，大前天晚餐後在臥室妳在場，還有週三的浴室裡……還要我繼續說下去嗎？」

向小葵頭垂到胸口，「咳咳，不、不用了。」

厲清北覺得自己越來越惡趣味了，故意裝作勉為其難狀，「如果妳想鍛鍊體力的話，那晚上我們就多運動一會兒？」

此時，向小葵已經凌亂了。

光天化日的就想那些沒節操的東西真的好嗎！

雖然只是個小小的風景區，山也不高，但最後兩人還是沒爬到山頂。

下山的路上，向小葵悄悄跑到厲清北的身後，小心翼翼的用手去勾他的小指，但不知男人是故意還是她的瞄準性太低，幾次三番都沒有勾到他。

就在向小葵垂頭喪氣、想要收回手的時候，忽然男人的手掌伸了過來，大大方方將她的手包裹在手掌心裡。原來，她的小動作早在第一時間透過地上的影子，被他納入眼中。

厲清北走在前面，牽著後面已經累得行動緩慢的向小葵。

一前一後兩人的臉上，都掛著深淺不一的笑容。

回到公寓，兩人各自去洗澡。向小葵比較快，從浴室裡出來簡單抹了一層護膚品，就跑去書房上網了。昨天臨時回家住，都沒帶著電腦，約定和團子大人他們聊天也都顧不上了。

向小葵進了頻道，就聽到他們在商量《忘川》第二集首播的時間。

「後期已經都做好了？」向小葵忽然出聲問。

綠豆君答應了一聲，又聽到團子大人說：「陛下已經把乾音交上來了，綠豆這幾天就可以完成後期，我們還在想要不要挑個黃道吉日發表第二集呢。」

這時，厲清北一邊擦著頭髮、一邊走進書房。

向小葵問他：「你交了乾音？什麼時候的事？」

厲清北把她從椅子上拉起來，自己坐上去，又把向小葵安置在自己的大腿上，才回答她：「昨天晚上。」

「你之前不是忙得都沒空看劇本？」

「是啊，所以昨天妳不在家，我乾脆把劇本看了。」

然後，看一遍就錄了，而百般挑剔的團子大人竟然一次就 OK！沒有要求重錄！這不科學啊啊啊！

她交一集乾音至少要準備三週呢，而蜀黍只看一遍劇本，直接錄一次就過關了……

聽到兩人對話，聊天室裡的團子大人調侃道：「這就是模範生和吊車尾的區別。」

厲清北輕笑一聲，向小葵則覺得自己的人格被侮辱了，恨恨道：「你們不覺得想要陛下快點交乾音，最好的方法還是求我咩？竟然還敢得罪我，說我是吊車尾的！」

「啊啊啊，寵妃生氣了。」團子大人怪叫道。

壯士你好白這時也來插一腳：「陛下還不至於為美人而棄江山不顧吧？」

就在向小葵剛要開口時，厲清北不疾不徐的出聲：「那要看美人是否會用美色來勾引我了。如果是某一種可以讓我忙到沒時間錄音的活動，我倒是還挺期盼的。」

團子大人尖叫：「啊啊！陛下現在越來越沒節操了！都被花魁帶壞了！」

向小葵：「……」

——躺著中槍也不是這種躺法好嘛！ ㄟ(ˊ口ˋ)ㄏ

金剛喵喵喃喃：「我已經打開陛下那天的嬌喘，自行腦補了。你們聊，我先去流會兒鼻血。」

「唉，世風日下啊，陛下已經不是我當初認識的那個陛下了，如今陛下的大腦已經被小黃人占領了，滿腦子的……那啥。」壯士你好白惋惜道。

向小葵也嘆氣：「我也不認識他了。ㄟ(ˊ▽ˋ)ㄏ」

厲清北的反應則是低下頭，在她的頸側不輕不重的咬了一下。

向小葵立刻告狀：「陛下還咬人！」

團子大人聞言，不可憐向小葵，反而怒了：「秀恩愛真的好嗎！你們讓我們這群單身狗情何以堪啊啊啊！」

向小葵：「(⊙﹏⊙)呃，sorry……」

厲清北則埋頭在她的頸窩，偷笑。

幾個小女生嘰嘰喳喳的聊天，厲清北只是時不時的搭一句，其他時間都在看合約。

一群人聊得正High，團子大人忽然說：「飯飯怎麼都不說話呢？」

向小葵這才注意到頻道裡的會員欄位，蘑菇飯飯真的一直都在頻道裡。

被團子大人點名的蘑菇飯飯這時候也開了麥克風，聲音一如既往的輕柔纖細，讓人一聽就很有好感，「我看你們聊得這麼開心，不忍心打擾你們。」

金剛喵喵嘿嘿一聲：「是不忍心打擾花魁和陛下秀恩愛吧？」

耳麥裡傳來蘑菇飯飯低柔的笑聲：「的確也很羨慕花魁，和陛下從二次元發展到三次元，還這麼恩愛。」

向小葵不出聲也不太禮貌，於是說：「妳們別取笑我啦！」

眾人笑。

這時候，向小葵聽到有人加自己為好友的提示音，點開一看是蘑菇飯飯發來的請求。雖然和對方不太熟，但也聊過天，還要一起合作配劇，向小葵立刻點了同意。

蘑菇飯飯：花魁。（微笑）

花小葵：妳好！o(∩_∩)o

蘑菇飯飯：我聽團子大人說，妳是T市人？

花小葵：是啊。

蘑菇飯飯：真巧，我也是。（微笑）

向小葵發了一個驚訝的表情過去，然後就聽到團子大人說：「飯飯，妳下一幕戲感不太好，我想替妳們安排一下，找個時間一起對戲吧？」

蘑菇飯飯說：「可以，我剛畢業，時間充裕，隨時都可以。」

團子大人轉而問：「那妳呢，花魁？不如陛下也一起吧，寧嫣和忘川的對手戲也挺多的，陛下順便帶飯飯，怎麼樣？」

向小葵推了推身邊認真工作的男人，小聲問：「蜀黍，團子大人說找時間讓我們一起對戲，你OK嗎？」

厲清北抬頭：「第三集？」

「嗯。」

「妳的戲不多吧？」

「是啊，團子大人也是想讓你帶一下女配角，找找戲感。」

厲清北皺了下眉頭，之前和向小葵對戲都是有私心的，現在讓他抽出時間帶別人，還真不太喜歡。不過，都是她的朋友，這樣的事情也不多，拒絕的話終究不太好。

「可以，讓團子大人定時間吧。」

向小葵也好久沒和蜀黍一起對劇本了，興沖沖的打開麥克風向團子大人說了。

約定好對戲的時間，向小葵想留一點時間讓厲清北安心工作，於是下了線，把書房留給他。

看了一會兒電視覺得沒意思，向小葵忽然想起之前和程綠一起買過一款3D的拼圖，就想拿出來玩。可是她在客廳找了半天都沒找到，想問厲清北，又怕打擾到他，她乾脆自力更生了，反正她現在也沒事做。

向小葵跑去兩人的臥室，先在床頭櫃翻了翻，還是沒有。最後，她將目標鎖定到厲清北的衣櫃。

呃，其實，現在衣櫃裡已經有一半是屬於她的衣服了。

櫃子裡，厲清北的衣服大多數是清一色的名家手工西裝和名牌襯衫，全部熨燙平整的掛著，相對她五顏六色的T恤和短褲、裙子，好像兩人的品味和風格，甚至年紀的差距都能從衣服上體現出來。

衣櫃裡有一個很大的抽屜，厲清北的手錶和袖口那些東西都會放在這裡面，向小葵從來沒打開過，但是見到過他換戴手錶都會打開這個抽屜。她拉開抽屜，果然看到男人的諸多飾品。

「怪不得蜀黍的手錶每天都不會重複，原來有這麼多。＝＝」

沒在抽屜裡找到，向小葵已經快要放棄了。就在這時，她視線一瞥，看到衣櫃很深的角落裡放著一個箱子。有點眼熟，但是想不起在哪裡見過它。而向小葵想也沒想，把箱子從櫃子裡拉了出來，打開……然後整個人又囧了。

滿滿一箱子的套套啊……

蜀黍要不要這麼生猛……

第五章

箱子裡的小盒子五顏六色，更喪心病狂的是什麼口味都有。

向小葵看著，臉紅了個透，和蜀黍發生親密關係的時候，最後都是她被他迷惑到什麼都思考不了，保護措施什麼的一直都是他在做。就像她之前和向媽媽說的那樣，即便自己亂來，蜀黍也是有分寸的，而她百分之百的信任他。

於是，向小葵從沒想過這方面的事，所以猛地看到這一箱子的那啥，也愣了。

箱子越看越覺得眼熟，過了一會兒才想起來第一次和蜀黍見面時，她送來的就是這個紙箱。

不過，那是他認識她之前啊……

一個人一旦腦子裡有了什麼想法，夜深人靜，就容易鑽牛角尖。

向小葵還想到了之前因為被雨淋濕了，在蜀黍家借的那條裙子。

……裙子的女主人是誰？

胡思亂想的時候，隱約聽到關門的聲音，雖然很輕微，但還是驚動了向小葵。她有兩秒鐘的不知所措，但到第三秒鐘的時候還是決定先將東西收起來。

厲清北回到臥室，沒注意到她的不對勁，問：「妳剛剛在找什麼東西？」

向小葵啊了一聲，想到剛才找拼圖的時候好像把客廳翻得很亂，她從床邊站起來解釋：「想找拼圖來玩。我現在就去收拾。」

她剛走兩步，就被厲清北拉了回來，「我去整理吧，妳一折騰反倒更亂了。」然後他低下頭親親她的頭頂，「乖，無聊的話就去看電視。」說著，還把遙控器塞到她的手裡。

厲清北離開後，向小葵打開了電視，但下意識調到靜音模式，客廳裡傳來動靜，向小葵的心也隨之七上八下的。

雖然心裡有一大堆的疑問，但終究，她還是沒有勇氣問出口。

★　★※★※★※★　★

週三，厲清北要去隔壁縣市出差，問向小葵要不要去。看她這幾天悶悶不樂的樣子，他想帶她去散散心。

不過向小葵還是拒絕了，蜀黍是去辦公事，自己跟去，他還要分神照顧自己。於是她說自己要和程綠出去逛街。

見面後，程綠就察覺到向小葵無精打采，等到下午找了間冰店坐下來吃冰時，才有機會問她。

「怎麼了，和妳家大叔吵架了？」

一早上忍著沒去想厲清北，經程綠一提，向小葵連笑容都擠不出來了。在程綠的逼問下，她只好把心底的疑問說了出來。

程綠聽了一會兒，問：「妳懷疑他外面有人？」

向小葵一驚，然後忙不迭的搖頭，「當然不是！」

她對蜀黍還是有信心的，腳踏兩條船什麼的，他不會做，也不屑於做那樣的事。

程綠說：「那妳在糾結什麼？他這麼大了，有一、兩個前女友也是正常的事，只要在和妳交往的過程中，他沒有和別的女人胡亂曖昧，就沒問題了不是嗎？」

向小葵其實也說不出自己在糾結什麼，只是一想到還有女生在自己之前見識過蜀黍的好，甚至和蜀黍住在一起共同生活過，就覺得……心裡悶悶的。

她抿脣：「程綠，我終於有點明白網上說的『君生我未生』那種遺憾了。」

不是氣他在自己之前交過多少任女朋友，只是氣自己竟然現在才遇到他。如果能早一點認識他就好了，這樣蜀黍的一切，都是獨屬於她的。

程綠嘆氣：「好了，別想了。如果真的有疑問，就去問他，我相信厲清北一定會給妳一個令妳滿意的答案。」

隔天厲清北就回來了，恰好趕上中午，就打電話要帶向小葵出去吃飯。

向小葵沒什麼心情，但還是去了。

用餐的地方是之前厲清北帶她來過的私家菜，經理仍舊十分熱情的出來迎接，只不過這次厲清北沒有要求清場，向小葵這才知道這家店真的很受歡迎，蜀黍停車時都差點沒有車位。

進了包廂，厲清北點了她最喜歡的菜。上菜後，向小葵卻沒吃多少。

厲清北早就留意到她的情緒，放下筷子問：「怎麼吃這麼少?不舒服?」

向小葵搖搖頭，「應該是太熱了吧，沒什麼胃口。」

男人想到她這些天的狀況，結合一下，立刻產生了某一種想法，直接開口問：「妳的經期什麼時候來的?」

突然被問這個，向小葵驚愕的看向厲清北，但見他認真嚴肅的看著自己，絲毫沒有玩笑的意思。

她耳根一熱：「你、你別亂想。」

厲清北起身，從她的對面坐到她的旁邊，聲音極其柔和：「小葵，我知道在認識我之前，妳一直都生活得很順利，但現在不同了，妳有我了。如果，妳有什麼事或者煩惱，可以對我說，讓我幫妳分擔，幫妳想辦法。」

向小葵這一次是真的聽出厲清北的弦外之音了，蜀黍他不會以為她……懷孕了，卻不敢告訴他吧？囧……

她在心裡嘆了一聲，如果不說的話，蜀黍估計都要被嚇死了。她斟酌了一會兒，才問：「蜀黍，你還記不記得我們第一次見面的時候，我送快遞給你？」

厲清北揚眉，意思是讓她繼續說下去。

「我、我之前沒想過太多，但是前幾天我看到那個箱子就一直在思考，蜀黍在認識我之前，是不是也像喜歡我一樣喜歡過別的女生？還有那件裙子，我淋雨之後你就拿給我了，顯然有女孩子在我之前也入住過蜀黍的家……」

厲清北終於聽懂了，「所以，妳這幾天情緒不佳，並不是因為……呃，那個？」

向小葵鄭重的搖頭，「不是！」

厲清北不知該鬆口氣還是什麼，說：「那房子之前的確住過……」

「啊！我不聽我不想聽！」向小葵立刻捂住耳朵。

她都不知道自己想要幹什麼了，如果不問清楚，心裡好像會一直梗著一個結在那裡，可一等到厲清北要向自己坦白，她又覺得很害怕。

厲清北哭笑不得，雙手拿下她的手握在手心裡，以最簡潔的話打消她腦袋裡亂七八糟的想法。

「那裙子，是我妹的。」

向小葵頓時不掙扎了。

厲清北眼底笑意漸深，「厲子茜，以後妳就會見到了。至於那箱小雨衣，是我二哥惡作劇，聽到我回國，網上買來送給我的。」

向小葵睜大眼睛，隨即又尷尬得一頭想扎進厲清北的懷裡。

厲子茜這個名字她沒聽過，如果知道蜀黍有個妹妹她才不會糾結那麼多天呢……

至於他的二哥，厲南城，她多少聽到厲清北提起過，說他二哥是整個厲家最不受管教的「叛逆分子」。現在，她終於認識到他二哥有多奇葩了，竟然送蜀黍一箱那個……

所以說，她糾結這麼多天都是在自尋煩惱？α(╯□╰)ο

見她羞憤欲死，厲清北心中好笑。拉著她的手放在自己胸口，聲音繾綣好聽：「這裡，的確有一個人在。」

向小葵心一緊，然後又聽他說：「而那個人，現在還在，並且，未來也會一直都在。」

向小葵覺得，蜀黍最近說情話，真是越說越順口了啊……但她臉上還是止不住的笑呢。

向小葵窩進厲清北的懷中，雙手環著他精窄的腰，蹭了蹭，「蜀黍，好像，我對你的喜歡越來越多了。」

厲清北也抱住她，用很偉大的口吻回道：「那我只能勉為其難，接受妳越來越多的喜歡了。」

向小葵心滿意足的笑了。

最後，厲清北沒有回公司。他載著向小葵回到家，徹底的感受了一下她的喜歡，順便身體力行的回應了她一下下。

於是造成了第二天，向小葵又曠工一天，因為實在提不起勁來上班了。

早上看著厲清北精神抖擻的穿衣準備上班，向小葵抱著被子在床上滾來滾去。

天啊，就讓她懶死在床上好了……

★　★※★※★※★　★

向小葵的糾結一向維持不了太久，而且心結說開了，又是甜甜蜜蜜的小倆口。

週五晚上和團子大人約好了對戲，向小葵到書房上網，接好麥克風，順便把劇本先溫習了一遍。

開始後，由於向小葵和蘑菇飯飯配的女配角沒有太多對手戲，不到十分鐘就過關了。向小葵資歷淺，沒什麼資格挑人家不好什麼的，團子大人和莫失莫忘也沒說類似的「和花魁學習學習」這種話，而且向小葵甚至覺得蘑菇飯飯配得很不錯，不懂為什麼上次團子大人說飯飯戲感不好。

厲清北打完電話才去書房找向小葵，他們住在一起也不是什麼秘密了，所以從那天開始兩人都是共用一個麥克風，厲清北也幾乎不登入自己語音聊天室的帳號了。

他剛過來，頻道裡又進來一個人。

「咦?微塵大大也來了!」團子大人叫得一點都不淑女。

向小葵第一反應就是看著厲清北，厲清北關了麥克風，掐了下她的臉，「我叫慕堯來的，反正大家一起對戲更好找感覺。」

向小葵無異議。

謝微塵爬上來，先向大家問了個好，仍舊是溫溫柔柔的公子音，很容易讓人產生推倒他的想法。

向小葵確信，程綠那個女王也一定這麼做了。

不過，和自己的老師在語音聊天室上對戲真的很彆扭，尤其向小葵的角色起先還是暗戀謝慕堯配的忘塵，幸好她的臺詞不多。

開始的時候，向小葵和謝微塵的對手戲比較多，到後來漸漸變成厲清北和蘑菇飯飯。謝微塵偶爾還會有一句臺詞插進去，向小葵則是全程在聽了。

這還是她第一次這麼近距離的聽溫不語配劇，情感起伏都拿捏得恰到好處。

頻道裡的人聽到的聲音都是厲清北修飾過的，而向小葵則是更加直觀的欣賞他本色的聲音。

低落時，他會將聲音壓得很沉，卻隱隱透露出一絲難掩的王者霸氣。高潮時，他的聲線又會轉為嘹亮，充滿磁性，會讓向小葵想到射擊運動員手中握著的那張弓，他開口便是拉開了弓，甚至將弓拉扯到極限，放手時，弓弦迅速回彈，鋒利而又震盪著，發出嗡嗡的低沉的回聲。

向小葵覺得自己已經完全陷入厲清北聲音的魔咒當中了，聽到他說話，就很想……撲倒他。^_^

不過向小葵還是沒有搗亂，因為目前的狀況已經夠棘手的了。

蘑菇飯飯不知是緊張還是怎樣，總是頻頻出錯。厲清北一開始還會說「沒關係，我們繼續」，到後來也能感覺出他有些不耐煩了。

蘑菇飯飯在耳麥那邊不停的道歉，向小葵這邊則忙著安撫蜀黍，跑過去揉揉他的臉，對他做個鬼臉，男人面色這才緩和。最後趁蘑菇飯飯和謝微塵對臺詞的時候，厲清北乾脆把向小葵抓過來，什麼都不顧的就吻她。

因為男人戴在耳邊的麥還開著，所以向小葵也不敢掙扎，更不敢發出聲音，連呼吸都放輕，生怕頻道裡的八卦分子們耳朵尖，聽出什麼來。

在這種情況下，連親吻都偷偷摸摸的，向小葵心臟反而跳得更加激烈。

就在她被厲清北吻得七葷八素的時候，他突然放開她，輕咳了一聲，聲音如常的唸自己的劇本。向小葵囧囧有神，接吻的時候還能分心聽耳麥裡劇本的內容，真是大神中的戰鬥機啊……

一個小時之後，對戲終於結束。所有人一改之前的嚴肅，開始閒聊起來。

謝微塵和厲清北聊，向小葵就湊過去用同一個麥克風和團子大人她們聊。後來聊著聊著，不知怎麼就聊到了見面的事。

團子大人說：「花魁，我們合作這麼久了，好像都不知道妳長什麼樣子。」

向小葵見苗頭不對，不會是找她要照片吧？於是立刻打馬虎眼：「就是一般女孩子的樣子啦！」

壯士你好白插嘴：「可陛下說妳很漂亮啊。」

——咦？

向小葵匪夷所思的看向身邊的男人，厲清北眉尾稍動了一下，卻沒反駁。

她就嘿嘿了，原來蜀黍還會和朋友顯擺自己的女朋友漂亮啊……

「不如我們來個網聚吧！」金剛喵喵大膽提議！

頻道裡頓時安靜了一會兒，隨後，所有人都附議。

「我看行，反正現在大家都放假，趁開學之前大家見一面好了。」

「對啊，陛下和花魁也是因為配劇走到一起的，我們忘川劇組說什麼也要慶祝一下，而且還要A陛下一頓大餐才對！」壯士你好白已經躍躍欲試了，恨不得馬上就飛過來。

群組裡大多數是小女生，向小葵和她們也認識很久了，都聊得不錯，要見面也不是不可以，就是有點顧忌厲清北會不喜歡。

但出乎向小葵意料，厲清北很大方的答應了：「我暫時走不開，如果妳們想見面的話，可以飛來找我們。」

謝微塵也說：「這邊景點還挺多的，妳們可以多留幾天到處逛一逛。」

團子大人他們自然沒意見：「那就說定了！我們現在就來敲定時間吧！」

網聚的事情便這麼訂了下來，主要就是找個機會大家熱鬧一下。

夜晚，厲清北在臥室裡鍛鍊完體力，向小葵問他為什麼會答應，因為她總覺得網聚不會是蜀黍會做的事。

厲清北用強而有力的手臂圈著她，撥開她有些潮濕的髮，說：「小白和莫莫我都見過了，所以見不見都無所謂。至於妳的那些朋友，想見一見我為妳把把關，我自然要主動一些。」

向小葵自己都沒想到這一點。

看她傻乎乎的表情，厲清北笑了，「而且，我也想找個人炫耀一下，我們有多恩愛。」

★　★※★※★※★　★

向小葵的實習還沒結束，平時和厲清北一起上下班、同進同出，儼然已成了公認的模範情侶。

Linda經常會感嘆：「妳說厲三少在國外待了那麼些年，不喜歡成熟大波型的美女，怎麼就喜歡小葵這樣清新秀麗的一朵小花了呢？」

潛臺詞是——口味獨特啊！

向小葵後來轉述給厲清北聽。厲清北安靜的聽完，目光悠然的落到向小葵胸口的某一處，作沉思狀的說：「嗯，其實，妳還是有潛力慢慢發展的，只是我需要多費些精力。」

向小葵消化了一會兒，臉猛地爆紅，隨便拎起身邊的枕頭就朝蜀黍扔了過去。

——說這種話是情趣嗎是情趣嗎！(ノ`□´)ノ┻

厲清北手上的專案接到手，忙忙碌碌將近一年，終於接近尾聲了。

聽說厲大哥也從國外結束考察回來了，厲清北總算能清閒下來，只不過交接有些麻煩。

網聚那一天，厲清北恰好有事，向小葵只能和程綠一起先去機場接團子大人他們。不過，厲清北體貼的安排了一位隨行司機給她們。

看到那位眼熟的司機，向小葵愣了一愣，這位不就是之前那個……ＢＭＷ快遞員嗎？

年輕男人絲毫不介意向小葵奇怪的眼神，很溫和的向她點頭，微笑道：「向小姐，我是厲總的助理，今天我來擔任司機，向小姐有什麼問題可以直接找我。」

「可是，我怎麼沒在公司裡沒見過你？」

助理怔了一下，恍然道：「我是厲東睿先生的助理，前陣子跟厲總一起出國，所以沒在公司。」

向小葵這才明白過來，原來厲清北把他大哥的助理派過來做她們的司機了。不過，真的不會大材

小用了嗎？＝＝

向小葵和程綠也好久沒見了，所以在車上嘰嘰喳喳聊得好不開心。

有時候向小葵也會忌憚坐在前面的司機，畢竟人家是厲家老大的貼身助理，如果有什麼不妥當的回去向厲家大哥一說，自己的形象就全完了。不過，這種擔心只維持了十來分鐘而已，到最後她還是該怎樣就怎樣，聊到開心處完全忘了這回事。

中午十一點多，向小葵終於接到了團子大人等人，他們是先在附近一座城市集合，逛了一天後，才搭飛機一起到達T市。

向小葵舉了一個Hello Kitty的牌子，所以一眼就被認出。

團子大人留著一頭俐落的短髮，和直爽的性格極為相符，她一眼見到向小葵就忙不迭的推著行李車迅速跑過來，興奮問：「妳是花魁吧？」

向小葵事先看過團子大人的照片，也認出她了，點頭道：「團子大人好～」

「啊啊！」團子大人雙手拉住向小葵高興得跳來跳去，「花魁真的好可愛啊！沒想到我們真的見面了，好開心！」

壯士你好白她們跟在後面，團子大人一一為雙方介紹。

小白的確是白白淨淨的女孩子，也因為已經是個上班族了，所以和她們這些學生妹比起來沉靜大氣許多。反而金剛蘿莉和她的名字一點都不相像，文文靜靜的跟大家閨秀一樣，向小葵終於相信，其

實每一個軟妹子的心裡都住著一隻小怪獸。^0^

莫失莫忘走在最後面，一手一輛行李車，到她們面前時已經氣喘吁吁，「早知道只有我一個男生就不來了，簡直把我當牲口使啊妳們，還有沒有點良心？把我累死了，看妳們一幫雌性生物還能不能玩得開心！」

團子大人嘿嘿笑，程綠一如既往的毒舌：「你以為讓你來是幹什麼的？欣賞你的美色？」

「那也要有美色讓我們欣賞啊。」壯士你好白說。

團子大人接口：「比如陛下和微塵大大啊，我們就不捨得讓他們幹活。」

向小葵也認真的總結：「所以臉真的很重要。ᕦ(ᐛ)ᕤ」

莫失莫忘吐血。

惡作劇後的小女生們笑作一團。

可能因為大家在網路上已經很熟悉了，所以彼此見面後一點彆扭生澀的感覺都沒有，甚至稱得上是一見如故。

厲清北派了一輛高級的七人座商務車，一行人恰好坐得下。

一上車，團子大人他們紛紛感嘆，這種車也就在電視上見過，然後吐槽向小葵真是好命，找到這樣一個高富帥老公。

向小葵則為難的嘆氣，得了便宜還賣乖：「其實我也很困擾的好嘛，某人離開我簡直不能活。」

團子大人恨恨的搥了向小葵的肩膀，「再炫耀我就在網上八卦妳！」

程綠涼涼道：「待會兒，那個某人來了，妳有膽子再把這句話說一遍。」

向小葵立刻吞一下口水，「那個……你們聽聽就算了。」

坐在副駕駛座的莫失莫忘終於逮到報仇的計畫，頗有興致的說：「陛下一會兒出現，大家可以有怨抱怨、有仇報仇啦！」

「沒錯！一定讓陛下修理花魁！」

「泥萌別害我！」向小葵求饒，她會被蜀黍折騰死的！

「齁齁齁～我要第一個告狀！」

「我負責添油加醋。」

「我一會兒請你們吃飯還不行嗎……」向小葵淚，造謠一時爽啊……/(ToT)/

「成交！」眾人異口同聲。

車內始終充斥著歡聲笑語，就跟小學生去郊遊一樣的氣氛，一直認真開車的年輕助理也忍不住笑著搖搖頭，年輕真是好啊！

厲清北事先為他們訂好了住宿飯店，助理先送他們去飯店放行李，折騰了將近半小時，然後才決定吃飯的地點。

他們的年紀都差不多，去什麼五星級飯店也覺得太彆扭，而且是向小葵請客，大家隨便吃吃就好了，也不會真的宰她，最重要的是他們想等晚上宰陛下那頭肥羊呢！

所以到最後，一行人決定去吃向小葵推薦本地非常有特色的酸菜魚火鍋。

到店裡點完菜，向小葵想起什麼，拿出手機讓眾人伸出右手的拳頭圍成一個圓形，拍了張照片。然後她登入社群網站，把照片發上去。

溫小花神教女王大人花小葵：終於網聚啦！準備吃酸菜魚火鍋，一定要吃到汗流浹背才爽！

剛發完這條訊息就聽到提示音響，是她特別關注的某個人也發了訊息。

不過這個人是誰，已經很好猜了。

向小葵立刻點開標記自己的那條訊息，看到了厲清北的留言。

溫小花神教陛下大人溫不語：等我，晚上去接你們。

向小葵抿嘴忍不住笑了，剛要回他，同時又收到他發來的私訊。

蜀黍：吃飯了嗎？

向小葵：馬上要吃了，你呢？

蜀黍：唉，還在開會。

向小葵：可憐，摸摸頭，晚上我們吃大餐安慰你。

蜀黍：好的。快吃吧，結束後打電話給妳。

向小葵：嗯！=3=

收起手機抬起頭，眼前一雙雙邪惡的眼睛睜直勾勾的瞅著她，向小葵冷不防的被嚇了一跳。

「有情況哦～～」團子大人曖昧一笑。

「嘴角都要揚到頭頂了，你們倆要不要這麼恩愛啊？」壯士你好白也調侃道。

向小葵立刻捂住嘴巴，眨眨眼睛，有這麼明顯？

程綠無奈的搖頭道：「戀愛中的女人，智商果然都是負數。」

向小葵：「……」

——妳自己也是戀愛中好不好！

還想繼續拿向小葵開玩笑，這時候團子大人忽然收到一封簡訊。

「是飯飯。」團子大人說：「她問我們飛機降落沒。」

小白說：「妳就跟她說我們已經到了，報個平安什麼的。」

向小葵猶豫了一下，問：「飯飯好像也是T市人，要不團子大人妳問她要不要過來？」

團子大人點頭，發了一封簡訊過去，沒多久，蘑菇飯飯就回了。

「她說還在外面呢，不方便，晚上再來和我們一起吃飯。」

★★※★※★※★★

吃過中飯，向小葵和程綠帶著團子大人他們在市中心逛了逛。由於天氣太熱，逛了不到兩小時就全部癱了。

「這邊真的好熱啊，比我家那邊的溫度至少高五度啊，整個人都要化了。」團子大人一邊用新買的扇子搧風，一邊說道。

「早知道就在飯店裡打電玩了，出來逛街簡直活受罪。」

「好同情花魁和小蘋果啊，妳們都不會熱嗎？」

向小葵和程綠都是本市人，所以早就習慣這邊的氣候，也不覺得有什麼。

「不然我們先去KTV玩一會兒吧？玩到吃飯時間，溫度也差不多降下來了。」向小葵提議。

壯士你好白贊同：「花魁的主意好，我們邊玩邊等陛下和飯飯他們。」

於是，一行人在市區裡找了一家連鎖KTV，開了一間大包廂。有了上次不好的經驗後，對這種地方向小葵變得很警惕，所以特意在去之前發封簡訊給厲清北請示一下。

隨後，厲清北打電話給隨行的助理，叫他打點。

助理點了很多小吃和果盤，唯獨沒點酒水給他們，可能也是厲清北下的吩咐。

向小葵並不是特別愛唱歌，唱了一、兩首歌之後就躲在角落裡圖清靜去了。期間團子大人和莫失莫忘還合唱了一首，只不過莫失莫忘的調從第一個字開始山路十八彎，不知道跑到哪個山溝溝裡去了，把向小葵笑趴。

兩個小時熱熱鬧鬧的就過去了，向小葵後來接到厲清北的電話，他已經準備從公司出來了。本打算和他在飯店見面的，不過包廂的時間還剩一個小時，而且團子大人他們玩得正High，所以她就叫厲清北直接來ＫＴＶ找他們。

向小葵剛掛掉電話不久，團子大人也收到蘑菇飯飯的消息，問他們現在在哪。團子大人把ＫＴＶ的地址發給了蘑菇飯飯。

之後的半個小時，向小葵已經完全心不在焉了。用程綠的話說，就是思君心切。

終於，沒等太久，厲清北出現了。

包廂的門被人從外面推開，一個高眺的黑影出現在門口，原本在唱歌的金剛喵喵立刻按下暫停鍵，燈光微亮，厲清北步調沉穩的走了進來。

團子大人見到他，眼睛發亮的吹了一聲口哨。

壯士你好白之前見過厲清北，所以沒感到意外，只是玩笑道：「一年多沒見，陛下又帥了，果然是經過愛情的滋潤。」

向小葵臉紅了紅，她抬眼，看到厲清北先是目光環視周圍，最後落在她的身上，微笑。

他應該是直接從公司過來的，還穿著合身筆挺的深色西裝，領帶是冷色系，整個人越發的內斂高傲。晦暗不清的燈光直接投射在他的五官上，剪出一層朦朧渺渺的神秘感。直到他走近向小葵，眉目也逐漸清晰起來，薄薄的脣角輕佻的翹起一個淺弧，散發著一種令人驚心的清俊雅致。

向小葵在這一刻，就已經停了呼吸。

兩人站在一起時，一高一矮，一個大氣一個軟萌，差別如此明顯，但卻又——毫無違和感。

團子大人等人已經呈現呆滯狀態，恍如與他們被隔開成兩個世界。

「抱歉，因為公事來晚了，作為補償，今天的花費全都包在我身上。」

厲清北開口，聲線潤澤，嗓音帶著很輕的磁感。

呆住的眾人這才回過神，剛要不好意思的表示一下客氣，又聽到門口傳來動靜。

「早知道就不和溫不語一起過來了，大家竟然都把我忽略了。」

聞聲，眾人一致的轉頭望去。向小葵這才注意到站在門口的謝慕堯。

如果仔細聽，謝慕堯和他在網上的聲音差別並不大。

壯士你好白是舊春光元老級成員，立刻就聽出來了，眼睛一亮，「謝微塵大大？！」

謝慕堯笑著點頭，「我就是謝微塵。」

「哇哦——」團子大人特別偏愛用尖叫表達心情，「真沒想到還會見到謝微塵大大！」

「不會吧？謝微塵大大真的也在T市？」金剛喵喵也興奮了：「真人欸！我見到大大真人了！」

向小葵早就知道謝微塵的真實身分，只是……

她小心翼翼的瞥向一旁悠哉坐著的程綠，女王大人怎麼沒反應？

向小葵悄悄的挪了過去，小聲問：「小綠，那個，謝教授是謝微塵大神……」

程綠抬眼，意興闌珊的掃了一眼謝慕堯，再轉頭看著向小葵，問：「怎麼了？」

「妳一點都不吃驚嗎？」向小葵瞪大眼睛。

程綠翻了翻白眼，「拜託，我早就知道了好嗎！」

「……」向小葵兩眼的問號。

「我和他認識這麼久了，他聲音聽起來什麼樣子我心裡有數。後來妳和陛下在一起，他又和陛下是現實中的朋友，知道溫不語的身分後就很容易猜他是誰。我很早開始就懷疑了，只是一直都沒有捅破而已。」說完，她還很無奈的瞄了一眼向小葵，「妳以為誰都像妳一樣這麼遲鈍啊？」

向小葵聽完，心情別提多複雜了，原來當事人心裡跟明鏡似的呢，枉費她一片苦心，還怕自己會不小心說漏嘴，好一段時間都不敢見程綠……囧死她了！

謝慕堯自我介紹完，往一旁讓了一步，露出身後的人。

像變魔術一樣，向小葵這才看到還有一個很年輕的女孩子站在謝慕堯的背後，長髮齊瀏海，笑起來有兩個很可愛的酒窩。

「大家好，我是飯飯。」

蘑菇飯飯和她在網上給人的感覺一樣，很溫柔的樣子，而且很會打扮。

經過一番介紹後，大家都落坐，團子大人跑到向小葵和程綠這邊，小聲說：「妳們看到沒？飯飯這一身加起來至少要六位數。」

向小葵大驚，心裡默唸了一下個、十、百、千、萬……繼續驚訝中。

團子大人細數了一遍蘑菇飯飯從頭到腳的裝備是哪個牌子最新款的，向小葵對這沒有研究，腦海裡只閃過兩個大字——好貴！

有了新成員的加入，大家自然不能輕易放過。可以礙於溫不語一直給大家那種不可染指的霸氣形象，所以沒人敢纏著他讓他唱歌，於是所有人的注意力都跑去謝微塵那邊了。

趁所有人陶醉在謝慕堯的歌聲中，向小葵輕輕用手指捅了捅身邊的厲清北，厲清北很精準的抓住，然後把她的食指攥在手心裡，面上還一副很認真聽歌的樣子。

向小葵忍不住問他：「你們和飯飯一起來的？」

厲清北掃了一眼另一端的蘑菇飯飯，視線又飄回來，聲音冷淡：「在樓下大廳碰到的。」

「哦。」向小葵覺得有哪裡不對勁，想了半天才想起來，樓下大廳那麼多人，蜀黍是怎麼知道這個人就是蘑菇飯飯？

她剛要問，這時候團子大人忽然拿著麥克風朝他們這邊走了過來。

「那個，陛下也來唱首歌吧？」團子大人懇求道。

厲清北抿了一下脣，只是很尋常的表情，團子大人還是哆嗦了一下：「呃，陛下要是不想唱就……」

他忽然一笑：「我只是在思考要唱什麼。」然後，他接過團子大人手裡的麥克風，叫謝慕堯幫他點一首歌。

就連向小葵都沒想到，厲清北竟然點了一首女生的歌──《矜持》。

原唱是天后級人物，聲線纖細委婉，歌聲中將那種對戀人的幽怨娓娓道來。

而厲清北聲線低沉，剛一開口，就用獨特的音感震懾住場內的所有人。背景音樂很輕，悠揚舒緩，而他的歌聲卻沙啞渾厚，完全將這一首歌以男性的身分進行了另一種詮釋。

厲清北唱出了另一種意境，不再是愛了卻難得的心存妄念，而是唱出了心中對愛情的執念，是可以為之瘋狂，可以不顧一切，可以放下任何矜持與自尊。

向小葵是第一次聽到他唱歌，整個過程中，他都是緊緊的拉著她的手。

每每唱到「我是愛你的，我愛你到底」時，他都會輕輕的捏她一下，似乎在告訴她：這句話，是唱給妳聽的。

整首歌曲都是低吟一般的清唱，他的聲音並不大，可向小葵卻覺得心頭狠狠一震。如果說對厲清北的感情如同大海，那麼，她已經沉溺於此。

伴奏緩緩停止，所有人都還沒緩過神，許是沉淪在厲清北的歌聲當中。直到下一首歌曲的前奏開始，蘑菇飯飯清亮的聲音響起，他們這才回神。

快結束時，向小葵拉著程緣去洗手間。

看著鏡子裡通紅的臉，向小葵感覺自從厲清北唱完那首歌之後，自己已經完全無法正視他了。

——簡直太帥了有木有！聲音好聽就罷了，唱歌竟然也這麼厲害，蜀黍都快成全能超人了。

不過，以後她一定要嚴格管制蜀黍，不許他再唱歌給別人聽，因為太有殺傷力了啊！

從洗手間出來後，向小葵和程緣邊聊天邊往包廂走。

忽然，程緣停了下來，向小葵不明所以，順著程緣直勾勾的眼神看過去，也跟著一愣。

厲清北不知道什麼時候也走出了包廂，不過此時正面色不善的站在轉彎的角落裡，他對面的人不知在說些什麼，只見他的臉色越來越冷。

向小葵視線微移，然後看到了和他交談的那個人，是蘑菇飯飯。

她記起之前沒有問出口的疑問，再看到此時此景，再怎麼遲鈍也明白過來——

蜀黍和蘑菇飯飯，之前應該是認識的。

怪不得蜀黍今天的氣場很不對勁，而且蘑菇飯飯似乎也一直在看著他們，向小葵沒從她的眼神中看出有什麼敵意，但那種帶著打量和探究的眼神也讓她很彆扭。再加上，蜀黍今天和所有人都交談過，似乎唯獨和蘑菇飯飯自始至終都沒說過一個字，太可疑了……

「妳家大叔和蘑菇飯飯是舊識?」程綠目光停在那兩人身上，也產生了和向小葵相同的懷疑。

向小葵不知道該怎麼回答，說不知道的話，好像顯得蜀黍有什麼事瞞著她一樣。以程綠的脾氣，一定會查個究竟。

不過，她的沉默反而讓程綠氣不打一處來。

「走!當面質問他們去!」程綠氣呼呼的說：「就算他們之間沒什麼，敢覬覦妳的男朋友，我們也要採取行動，讓她知難而退!」

「欸?」向小葵還來不及拒絕，就被程綠拉了過去。

許是聽到她們的腳步聲，厲清北這時轉頭看過來，目光與向小葵對上後，眉頭微蹙。

與此同時，蘑菇飯飯也安靜下來，看著一臉怒意的程綠，和略微為難的向小葵。

「在聊什麼啊，還跑到這裡聊?難道有什麼話題是我們不能聽的?」程綠很護犢子，加上向小葵一直是包子性格，總怕厲清北欺負了她。

向小葵知道程綠是為自己好，而且都面對面了，也只能硬著頭皮望著厲清北。

厲清北沉默的與她對視，不發一語，向小葵只覺得那眼神似乎有千言萬語。一下子，她又心軟了，就算蜀黍和蘑菇飯飯之前認識，也說明不了什麼，蜀黍的為人她還是相信的。而且當面讓他難堪，真的不太好……

「我們還是……」

向小葵拉著程綠想要撤退，「回去吧」三個字還沒說完，就見蘑菇飯飯忽然笑彎眼睛，露出嘴巴兩邊甜甜的笑窩，興奮的叫了一聲——

「三嫂！」

然後，整個世界都清靜了。

連一貫掌握主動的程女王，此時此刻都呈現呆傻狀。

更別提本來就不精明的向小葵，大腦瞬間一片空白，傻兮兮的看了看厲清北，又看了看微笑越發甜美的蘑菇飯飯……

似是怕她沒聽清楚，蘑菇飯飯忽然湊了過來，親暱的挽著向小葵的手臂，笑盈盈的、甜甜的又叫了一聲：「三嫂~~~」

向小葵已經完全不知道該怎麼反應了，只是用看外星人的眼神看著蘑菇飯飯。

蘑菇飯飯該不會是，她以為的那個人……吧？

第六章

過了一會兒，向小葵的視線越過蘑菇飯飯，落在厲清北的臉上。

男人輕嘆了一聲，聳肩，無聲給了她答案。

天雷滾滾啊……竟然差點把小姑當情敵，真是丟臉死了！o(╯□╰)o

程綠這時候尷尬的咳了一聲，估計也從沒遇過這種情況。

「那個，我有點口渴，先回去了。」說完，她不顧情誼的將向小葵丟在原地，自己撤了。

然後，四人變成了三足鼎立之勢。

蘑菇飯飯比向小葵高一些，年紀應該比她大一、兩歲，此時搖晃著她手臂的樣子……這畫面實在太詭異。

向小葵向厲清北拋去求助的目光。

蘑菇飯飯似乎準備說什麼，厲清北在接收到向小葵的訊息後，一隻大手拎著蘑菇飯飯的衣領把她拎到身後，向小葵看到也囧了一下，真是一點都不憐香惜玉啊，怎麼說都是自己的親妹妹……

「該幹嘛就幹嘛去，今天的事我晚點再跟妳算帳。」

蘑菇飯飯噘嘴，不太爽的樣子，瞪了一眼厲清北，有怒不敢言。

最後她看向向小葵，又要上來拉她的小手，不過卻被厲清北足以秒殺千軍的眼神嚇退了。

「三嫂，見到妳很高興，等沒人了我再找妳聊天。」走出幾步後，忽然停了下來，蘑菇飯飯囑咐道：「三嫂，一會兒妳仍當不認識我的樣子，免得我還要解釋一大堆。」

向小葵點點頭，其實她很想說：我本來就不認識妳啊……

蘑菇飯飯的身影消失在包廂的門口，向小葵才緩了口氣，見家屬什麼的真是嚇死人！

見此，厲清北忍不住笑出了聲，向小葵瞪了過去。

「幹嘛不說她是你妹妹！」她氣呼呼的問。

厲清北收斂住笑意，湊過來捏了捏向小葵氣鼓鼓的臉頰，「知道她是厲子茜，妳還能好好的陪團子大人他們玩嗎？而且，在這裡看到她，我也很意外。」

的確，如果事先知道蘑菇飯飯是蜀黍的家屬，她一定會全程緊張死，玩都玩不舒坦。

「怎麼，吃醋了？」厲清北的聲音夾雜笑意。

想到自己剛才和程綠一副來抓姦的嘴臉，她立刻想找個地縫鑽進去。不過罪魁禍首還是蜀黍啊！於是對著他哼了一聲，向小葵頭也不回的鑽進包廂，以掩飾自己的窘迫。

厲清北站在原地，無可奈何的搖頭，嘴角的笑容卻更加溫和了。

從KTV出來，一行人坐車來到厲清北訂好的餐廳，面對一桌極為豐盛的飯菜，所有人都吃得很High。

向小葵發現厲子茜和厲清北的性格完全不一樣，厲清北雖然不至於顯得孤傲難交，但的確很清高，就算坐在那裡和你開很低俗的玩笑，也會讓人覺得這玩笑十分有品味。

當然，他才不會和人隨隨便便的開那種玩笑。

而厲子茜呢，笑容有一種莫名的感染力，讓人想要與她親近，聊天很有技巧，不會讓人產生距離感，甚至都會忘記她全身上下將近六位數的裝扮，就好像她和在座的每個人一樣，只是普通的女孩子，沒有絲毫的嬌氣和架子。

晚餐就在這種很和諧的氣氛下結束了，團子大人他們剛下飛機，所以晚上沒有安排任何節目。

厲清北先送他們上車，最後只剩下程綠、謝慕堯和向小葵他們。

程綠自然是要跟謝慕堯回去，向小葵和程綠約定了明天出遊的時間，目送謝慕堯的車離開。

直到看不見，向小葵才轉過身，然後便看到厲子茜噘著嘴巴低著頭，一隻腳在地上畫著圈圈，厲清北則不知說著什麼，面容有點冷。

向小葵眼見氣氛不對，立刻走過去問：「我們現在回去嗎？」

厲清北點頭，「先回鼎盛世家。妳，跟我一起回去。」

厲清北指的當然就是厲子茜了。

★　★※★※★※★　★

車內的氣壓一直很低，向小葵想開口緩和一下氣氛，卻不知道要說什麼。

到了厲清北的公寓後，怕厲清北還會數落厲子茜，向小葵便央求著厲清北先去洗澡。

厲清北拿向小葵沒辦法，尤其還在自己妹妹面前。或許是也想讓厲子茜欠向小葵一個人情，他點點頭，便回臥室去了。

厲清北一走，厲子茜呼了一大口氣，對著向小葵吐吐舌頭，心有餘悸的拍拍胸口說：「北北好可怕哦！」

——北北？

聽到這個稱呼，向小葵想笑可是又不敢，憋得好難受。

「妳和蜀黍怎麼了，他怎麼這麼生氣？」向小葵好奇的問。

厲子茜聞言，嘴巴一癟，眼眶瞬間就紅了。向小葵心頭一沉，意識到自己是不是問了什麼不該問的問題，就聽到厲子茜說：「其實都怪我，離家出走這麼久，北北也是擔心我，才會罵我的……」

離家出走？

對於一向是乖寶寶的向小葵，離家出走幾乎算得上是一個非常遙不可及的詞語。

所以，向小葵對厲子茜的勇氣很是欽佩！

「三嫂，不瞞妳說，其實我有一個很要好的男朋友，他很疼我，也很上進，就是家境不是很好，連房子都買不起。」厲子茜擦了擦眼眶裡懸懸欲墜的眼淚，「妳也知道我們的家庭，我媽媽是絕不會允許我嫁給一個窮鬼跟著他去受苦的。為了這件事，我和家裡吵了很多次，因為我是真的很愛我的男朋友！」

向小葵聽著厲子茜的故事，只覺得原來那些總裁小說並不是胡亂杜撰出來的，此時她的眼前不就是一個活生生的例子嗎？可見富貴的家庭也有一本難唸的經。

心裡對厲子茜生出了無限同情，向小葵心疼的握住厲子茜有些微涼的雙手。

厲子茜的身體微微一震，抬起頭，漂亮的眼睛閃過一絲感激，「後來我被爸媽強制關在家裡，不許再見他。我大哥和二哥還安排了很多他們自認為是青年才俊的男人給我，可是他們任何一個人我都不想要！於是我偷跑出來了，我不想再回去，不想再被他們逼迫去見我根本不愛的男人……三嫂，妳能幫我嗎？」

向小葵重重的點頭，「如果我幫得上，我一定會幫妳。」

這個世上，真的不是所有的有情人都能終成眷屬。

向小葵覺得自己現在太幸福了，所以也希望所有她認識的人都幸福。而且，她實在不敢想像如果有一天，她和蜀黍也被迫分開了，她會怎麼樣……

所以，她想幫助厲子茜的想法就更強烈了。

厲子茜感動極了，回握住向小葵的手，「三嫂，我就知道妳最善良了。我不奢望其他，我只希望妳能勸一勸三哥，不要逼我回家好不好？」

厲清北洗過澡，從浴室裡出來，就見到向小葵坐在床邊，眼眶發紅。

男人眉間蹙出一絲褶皺，走上前，食指挑起她的下巴，看進她的眼睛，問：「怎麼回事？」

向小葵一看到厲清北，心中的愛意就忍不住氾濫，忽地抱住厲清北的腰，將臉埋進他的腰腹處。

「蜀黍，不管任何人反對，不管發生任何事，這一輩子我都不會和你分開。」

她的聲音堅定有力，帶著熊熊燃燒的決心。

厲清北微怔，隨即輕輕搖頭，大手順了順她的長髮。

「怎麼了？」

男人的聲音輕柔無比，就像一根羽毛輕拂過愛人的心尖。

向小葵不說話，從他的懷裡仰起頭，順手拉住他的手臂迫使男人彎下腰，再送上自己的小嘴脣。

雖然接吻過無數次，但她的技巧仍舊生澀，只是那種想要取悅他的心情厲清北立刻感受到了。

厲清北的黑眸一沉，瞬間掌握主動，大掌扣住她的後腦，溫熱的舌探入、搜刮、汲取。

向小葵的身體立刻軟了下來，依附在男人身上，他的手下移來到鎖骨處，指尖輕旋，順著領口不斷下移……

厲清北只當向小葵之前不知又看了什麼小說或者苦情韓劇，有感而發，一時傷春悲秋了一下下。於是，他動作更加憐愛，激烈之處也比從前那幾次更加照顧她的感受。

接下來，房間隱隱響起令人臉紅心跳的聲音。

某人吃飽喝足，一副很享受的模樣半靠在床頭。

向小葵已經手腳虛軟，半死不活的掛在厲清北的身上。可見她剛剛有多賣力……＝＝

忘了看過的哪部小說說過的，男主角通常在一場親密運動過後，最好說話了。所以說，蜀黍現在的心情一定很好吧？

「蜀黍……」

厲清北低下頭來，燈光灑在他的面上，越發朦朧，修長的手指撥開她黏在額頭上的髮，親了親，性感沙啞的男聲：「嗯？不舒服嗎？」

「不是啦！」向小葵都不好意思了，沉吟了一會兒，小聲說：「我覺得我能和蜀黍在一起，真的好幸福。」

厲清北眉峰輕揚，「今天是說情話紀念日嗎？」

「我只是覺得，如果每個人都能和自己最心愛的人在一起，該有多好。」向小葵意有所指。

她自認為自己已經把意思說得很明顯了，但顯然，還沒明顯到厲清北一聽就會懂的地步。她只好再接再厲的說：「如果我父母反對我們在一起，我想我也會鼓足勇氣為我們的將來做抗爭的！比如……離家出走。」

厲清北眉頭皺得更緊，「妳到底想說什麼？」

向小葵從他懷裡支起身子，乾脆挑明：「蜀黍，子茜已經很可憐了，你能不能不逼她回家？」

厲清北終於明白一點，這件事和厲子茜脫不了關係。不過……

「子茜哪裡可憐了？」

「她這樣還不可憐嗎？」向小葵有點生氣，覺得厲清北似乎不懂她的心，「並不是所有人都能為愛走天涯的，你們逼她和喜歡的人分開，安排她與不愛的人相親，這對她就是一種折磨啊！現在她為了男朋友離開生活安逸的家，甘願和他過清貧的日子，這種勇氣和決心還不能感動你們嗎？」

向小葵說得擲地有聲，厲清北沉默，臥室內流轉著詭異的氣氛。

須臾，厲清北也大致弄清楚了來龍去脈，嘴角抽了抽，「這些，都是子茜告訴妳的？」

「是！我沒想到蜀黍是這種人，竟然也會跟著家人一起逼子茜嫁給不愛的人。如果你家裡反對我們在一起，蜀黍是不是也會為了迎合家裡而和門當戶對的女孩子結婚？」說著，向小葵紅了眼睛。

看她泫然欲泣，厲清北已經開始咬牙了，「妳要是哭，我一定饒不了那丫頭！」

聞言，向小葵立刻將眼淚忍住。

此時此刻，厲清北真有點哭笑不得。

「子茜剛上大學的時候，有一個男生對她窮追不捨，後來子茜把大哥帶去學校轉了一圈，第二天那個男生就開始躲她了，甚至未來四年子茜再也沒見過他。妳知道為什麼嗎？」

話題轉變太快，向小葵有點傻住了，於是搖搖頭。

厲清北想起這件事就很無語，說：「我大哥不太喜歡笑，很多人看到他的外表都以為他是混黑道的。子茜告訴那個男生，她是我大哥家裡買來的童養媳，大哥對她總是非打即罵，後來她受不了和一個男人私奔了，沒兩天那個男人就失蹤了，有人說在江邊看到過男人的屍體。她告訴男生，其實她也愛上他了，只是礙於大哥心狠手辣才不想連累他。不過，如果男生堅持想和她在一起，她就會向大哥坦白，這一次一定要正大光明和他在一起。然後，那個男生自此之後再也沒有出現在子茜面前。」

向小葵愣愣的看著厲清北，厲清北用手指彈了一下她的額頭，失笑道：「還沒懂？」

她搖頭。

「妳被那個小騙子騙了！」厲清北下結論：「子茜是我們家知名影后，如果她去演戲，奧斯卡最佳女主角非她莫屬。」

向小葵還有點不相信這殘酷的事實，愣愣的問他：「所以，根本沒有窮困潦倒、深愛不渝的男朋友？」

看她緩不過神來，厲清北面露同情，搖頭並肯定的說：「沒有。」

「所以，也沒有將她軟禁，逼她相親這一齣了？」

厲清北還是搖頭，「沒有。」

「所以，她都是騙我的？離家出走也是假的？」

厲清北思考了片刻：「離家出走算是真的吧，不過通常一個月內，她都會離家出走兩次以上。」

向小葵：「……」

天啊！誰來告訴她，她為什麼會有這樣的小姑！

奧斯卡都委屈她了有木有！！眼淚啪啪啪的掉啊！故事隨口就來啊！

向小葵無限怨念，虧她還自以為很聰明的使了一次美人計……

被吃乾抹淨、一滴不剩有木有！全便宜了厲清北這個大壞蛋啊！

厲清北看向小葵大受打擊的模樣，捂著胃幾乎要笑癱了。他把一臉哀怨的向小葵抱到自己身上，忍笑忍得特別辛苦，「她那些故事說給誰聽，都不會有人相信的吧……妳怎麼就這麼好騙呢？」

此時的向小葵已經對整個人生絕望了，半死不活的回答他：「如果不好騙，也不會被你騙到手了啊……」

究竟是什麼樣的家庭，能教出這麼奇葩的兄妹啊啊啊！

厲清北還十分贊同的點頭說：「這倒是。所以，我決定要騙妳一輩子。」

向小葵後來才知道，厲子茜因為是厲家么女，上面又有三個哥哥，所以她在家裡很受寵。用厲清北自己的話來說：兒子，在厲家才是可有可無的物種。

向小葵囧……

★　★※★※★※★　★

第二天一早，起床後，厲清北還在浴室裡刷牙，收拾整齊的向小葵走出臥室，就聽到廚房傳出窸窸窣窣的聲音，這才猛然間記起小姑還在這裡呢。

厲子茜端著一碗香噴噴的牛肉粥出現，也看到向小葵，熱情的打招呼：「Hi，三嫂，早安。」

「呃，早安。」一想到昨晚被厲子茜「陷害」，被迫獻身，向小葵就沒辦法用平常心對待這個小姑了。

厲子茜彷彿什麼都沒發生，還招呼向小葵過來喝粥。忽然，她的眼睛一瞇，盯著向小葵脖子某處，說：「三嫂，一會兒我下樓去超市買點蚊香給妳。」

向小葵茫然，要蚊香幹嘛？

厲子茜逕自叨咕著：「沒想到十六樓還有蚊子啊，瞧把三嫂的脖子叮得都是紅疙瘩。」

向小葵立刻就想到所謂紅疙瘩的由來，絕不是普通蚊子，而是厲清北那隻大蚊子造的孽啊！

她立刻捂住脖子，卻一點也沒發覺自己這動作簡直就是欲蓋彌彰。她忙不迭的跑回臥室，背後還響起厲子茜呼喚她的聲音：「欸，三嫂妳去哪啊？不喝粥了嗎？」

回應厲子茜的是砰的一聲，關門的聲音。

厲清北還在浴室裡慢悠悠的刮鬍子，然後就見到向小葵旋風似的颩進來，把他擠到一邊，對著鏡子照來照去。

厲清北舉著刮鬍刀湊了過去，一隻手環住她的腰，低低的在她耳畔輕語：「要幫我刮鬍子嗎？」

誰知，向小葵卻凶神惡煞的轉過身來，不由分說的就要撓他，「啊啊啊啊——我恨你啊！脖子上都是痕跡，我怎麼出去見子茜啊！」

小姑如今還待字閨中，會不會教壞她啊？

厲清北一頭霧水的抓住攻擊力明顯不足的向小葵，蹙眉問：「哪有痕跡？」

向小葵舉證：「這兒，還有這兒，這裡都是！」

他認真看了半天才看到一點淡粉的印子，無奈的說：「不仔細看根本看不出來。」

「誰說的！子茜就看出來了！」向小葵一張臉乍紅，「我的清白嗚嗚嗚嗚……」

「別哭了。」厲清北輕嘆一聲，安撫似的拍了拍她的肩膀，「妳的清白早就沒有了，也不急著非要現在哭。」

向小葵：「……」

向小葵在衣櫃裡找高領的衣服穿，厲清北趁這會兒工夫來到廚房，一眼就見到厲子茜坐在餐桌前，正逍遙自在的喝粥呢。

走過去，坐在她對面，等厲子茜緩緩抬起頭，厲清北才出聲警告：「再欺負小葵，別怪我對妳不客氣。」

「你對我好像就沒客氣過吧，北北？」厲子茜剛說完，就見厲清北的眼神充滿戾氣，她癟癟嘴，說：「我沒欺負三嫂啊，是她太好玩了，我忍不住想逗逗她嘛。」

厲清北挑眉。

厲子茜妥協：「I know，這是你的樂趣，我不跟你搶行了吧？」

厲清北這才滿意。

厲子茜這時眼睛一轉，起身去廚房盛了碗粥端到厲清北面前，嬌笑道：「哥～～這是我親手熬的粥呢，你嚐嚐看。」

厲清北掃了一眼厲子茜，很不給面子的將粥往遠處一推，「說吧，要多少？」

「難道我在你心裡就這麼膚淺？！」厲子茜覺得自己的自尊被侮辱了。

厲清北根本不理會她，拿出支票本，瀟灑的寫了幾個大字，然後放在桌子上。

厲子茜片刻也不耽誤的將支票拿起來，看到上面的數字眼睛一亮，「既然北北這麼想要我幫你分流開支，那我也只能勉為其難的為國內百貨行業做出點貢獻，順便拉升一下GDP。」

她想想都覺得自己太偉大了！真是天使！\\(≧▽≦)/

厲清北繼續無視，厲子茜匆忙喝完自己碗裡的粥，拎著價值不菲的包包就走了。

等向小葵穿戴好，客廳裡只剩下厲清北。

「子茜呢？」

「打發她走了。」厲清北將厲子茜熬的粥給她，「先吃點，一會兒一起去公司。」

向小葵看著那碗粥舉步不前，厲清北像是能猜到她所想，說：「放心吧，子茜這一輩子唯一的用處就是會做飯。」

向小葵想到厲子茜常常出人意料的舉動，還是半信半疑的端起碗，不過剛吃了一口，向小葵就徹底被厲子茜的廚藝震撼到了！

「真的好好喝！」

看她傻乎乎的樣子，厲清北輕笑，也難怪厲子茜總是逗她，其實他們兄妹兩個在某種惡趣味上的品味還是很相似的。

「妳以後想吃什麼，就叫子茜過來做，不要怕麻煩。」

向小葵為難道：「那樣太麻煩子茜啦！」

「沒事，她巴不得過來跟妳玩呢。」

——最重要的是，妳老公剛花出了一筆數目不小的無利益化投資，不從旁收取一些好處，那根本不是厲家人做事的風格。

去公司的路上，厲清北格外沉默，但因為他一向不是多話的人，向小葵也沒當回事。等紅燈的空檔，男人目光徐徐落在她觀賞街景的側顏，若有所思。

向小葵察覺到他的視線，轉過頭，捕捉到他眼底來不及褪去的複雜，奇怪的問他：「怎麼了？」

紅燈轉變為綠燈，厲清北的車仍舊以勻速前行著，他略微沉吟了一會兒，才說：「在這之前，我沒想讓妳先見我的家人。畢竟我年紀不小了，家裡如果知道我有女朋友，一定會催我趕緊定下來，可是妳還小，甚至還沒畢業，所以這事我一直是瞞著家裡的。」

突如其來嚴肅的話題，向小葵一怔。

「子茜之前放假的時候在我家住過一段時間，可能是用我電腦時無意間發現了我在網路上的身分。她現在知道了我們的關係，我爸媽肯定不久之後也會知道……」

厲清北話沒說完，向小葵就聽懂他的意思了。

原來他一直沒將她介紹給他家人的原因，是因為怕家裡會在她畢業之前催他們結婚。向小葵之前根本沒想過這些，現在得知厲清北為自己考慮了這麼多，覺得很感動。

「蜀黍。」她看向他的眼睛，微笑道：「等忙過這段時間，我就跟你回家。」

厲清北詫異的看過來，對於她的提議又沒有完全出乎意料。

她笑著說：「我家蜀黍這麼搶手，我也要在別的女人覬覦你之前，讓所有人都知道——這位厲先生，已經被我包了！」

厲清北看了她一會兒，目光慢慢又落回前方，手卻輕輕牽住她，薄唇淺淺的勾起一個弧度。

★　★※★※★※★　★

團子大人他們在T市玩了三天就回去了，臨走前幾個人還拍了張團照，向小葵站在第一排的最右邊，身旁是一身休閒服的厲清北，他的個頭高出他們這一群人，所以即便站在最邊上還是很醒目。

團子大人在起飛前將照片用LINE發給群組，向小葵盯著手機有些落寞。

即便只是很細微的情緒，厲清北都能感覺到，他攏了攏她的肩膀說：「別難過了，以後還會再見面的。」

向小葵點點頭，才見面三天，就覺得有些捨不得了。她忽然想到，等到大家都畢業了，有了自己的事業或者家庭，漸漸遠離了網配圈，是不是彼此也會像今天一樣各奔東西？曾經整天膩在一起玩鬧、互相調侃的小夥伴，是不是終究會有漸行漸遠的那一天？

厲清北絕不允許她沉浸在消極的情緒當中，雙手捧起她的臉，俊顏緩緩靠近，望進她一雙彷徨迷惘的眼睛裡，「就算所有人都離開了，但妳還有我啊。」

向小葵眸光一軟。

他微笑道：「我永遠，都不會離開妳的。」

她含著眼淚，卻笑了。

是啊，蜀黍永遠都會在她身邊。還有溫不語，永遠都會陪著她，不離不棄。

★ ★※★※★※★ ★

向小葵馬上就要開學了，兩人決定在她開學前找一天回厲家，見一見厲清北的父母。

但是向小葵沒想到，意外來得如此之快，快到她根本措手不及。

一早，向小葵是被厲清北折騰醒的。

前一天她和程綠出去玩到很晚才回來，當然，一定是厲清北親自去接她回家的。厲清北最後一個洗澡，從浴室裡出來後，就見某個累癱的人已經呼呼大睡，被子捲成一團被她抱在懷裡，一條腿還橫在上面，在她的睡相中根本找不到「淑女」二字。

厲清北無奈，卻只是在心裡抱怨了幾句，便隨著她去了。

不過，這也只是緩期執行而已，第二天一早，看著她一邊睡著，還一邊嘛著小嘴，男人頓時胃口大開。

向小葵只覺得脖子被咬得有點疼，某人像是故意的一樣。她睜開惺忪的睡眼，還沒清醒，就聽到男人躍躍欲試，甚至帶了點興奮的聲音：「醒了？我可以開吃了嗎？」

「吃……」

「什麼」二字還梗在喉嚨裡，就立刻被男人接下來的舉動堵了回去。

一場友好而漫長的晨間運動就在向小葵始終懵怔的狀態下進行了，一開始她是沒睡醒，後來是被厲清北迷惑到神志不清。

向小葵一直有一種感覺，蜀黍真是變得越來越節儉了！厲家二哥送的小雨傘他真的是一個也不想浪費啊，每天都勤勤懇懇的為減少箱子裡的小雨傘數量而努力啊有木有！

運動結束，厲清北心滿意足的洗澡去了，向小葵又昏沉沉的睡了過去，實在是太累了啊……

後來連送外賣的來了都不知道，可見她睡得有多死。

因為是週末，厲清北難得不用去公司，吃了早餐看向小葵還在睡，就去書房找點事做。

十點左右，向小葵似醒非醒，隱約聽到門鈴聲，以為又是厲清北叫了午飯，於是把被子蒙到頭上，繼續睡。沒一會兒，臥室的房門卻打開了，一股輕微的拉力將被子從向小葵的頭上拉了下來。

男人的聲音有點無奈：「這麼睡也不怕悶著？」

向小葵不理會，想要翻身背對他，卻被厲清北制止住了。她皺皺眉頭，眼睛睜開一條縫，無聲譴責他。

厲清北拍拍她被悶出一頭汗的臉頰，「起來吧，家裡有客人來了。」

「客人？謝教授來了？」

有時候謝慕堯偶爾回來住，會過來打聲招呼或者做點飯菜送過來救濟他們。

厲清北搖頭，「是我爸媽。」

「……哦。」向小葵眨眨眼睛。

厲清北知道她還沒明白過來，也不急著催。

過了十來秒鐘，向小葵噌的一下從床上坐起來，頂著亂蓬蓬的雞窩頭，瞪大眼睛問：「你爸媽現在在外面？」

厲清北無辜的點點頭。

「哦賣糕的！」向小葵立刻從床上跳到地上，撿起地上的睡衣往身上套。

厲清北看她急得手忙腳亂，忍不住笑出聲。

知道她還要消化幾分鐘才能平靜下來，他乾脆打開衣櫃拿出她今天該穿的衣服，把向小葵推到浴室裡，「先洗個澡，不急，等妳準備好了再出來。」

厲清北還很體貼的把浴室門關好，而向小葵則對著鏡子裡慘不忍睹的自己，焦躁得直撓頭。

「要見公婆了怎麼辦啊啊啊啊！尤其這個時間還睡在蜀黍家……」

剎那間，一道驚雷劈下，向小葵的腦海中閃過紅亮亮的四個大字——

捉、姦、在、床！

然後，整個人都不好了。/(ToT)/

總待在浴室裡也不是辦法，而且蜀黍的爸媽會不會認為自己在拿架子什麼的呀……

向小葵打理好自己，硬著頭皮來到客廳。

她經過廚房時，見到厲清北正端著兩杯茶水。他站在門口看到她，朝她眨了一下眼睛，向小葵卻沒心情和他眉目傳情，這時候都要緊張死了好不好，手心都是汗呢！

厲清北帶著她來到父母面前，介紹道：「爸、媽，這是小葵。」

果然不愧是蜀黍的父親，外面三十幾度的溫度也穿著一身西裝，一家子西裝控？威嚴那自然不在話下，向小葵匆匆的看了一眼，便知道蜀黍嚴肅起來的那股勁是像誰。

蜀黍的母親反而在老公的襯托下顯得溫柔賢慧，眼角眉梢都透露著一絲親和，絲毫沒有有錢人身上的架子。

不過，向小葵還是不敢直視二老，連忙乖巧的叫了一句：「叔叔、阿姨好。」

「小葵果然和子茜說的一樣，小小的，跟個小孩子似的。」厲母拉著向小葵的手，「來，別站著，坐這邊跟阿姨聊一會兒。」

向小葵先看了一眼厲清北，男人給了她一個鼓勵的眼神，她收回視線，和厲母坐在沙發上。

厲母怎麼看她怎麼喜歡，重要的是誰能讓自己的兒子安定下來，她就喜歡誰。

「小葵還在上學？」厲母問。

她點頭，「開學就大四了。」

「真不像快大學畢業了呢！妳見過子茜了吧？平時我就說她跟沒長大似的，可是跟妳比起來，我們子茜倒是顯得成熟了。」

呃，這話她該怎麼接啊？

向小葵求助的目光投向厲清北，他還沒說什麼，厲母就察覺到了，笑道：「我沒有嫌妳年紀小的意思，相反，我們清北是一個很有主見的人，他能決定和妳在一起，就勢必權衡了所有利弊。而且，我還巴不得他找個小媳婦呢。」

說完，厲母逕自樂了起來，向小葵一頭霧水，好奇極了。

然後就聽厲母很有氣勢的說：「年紀小的媳婦啊，好生！我們爭取三年抱兩個，五年抱三個！」

厲清北：「……」

向小葵：「……」

厲家二老肯定要留下來吃午飯，厲清北去廚房找外賣電話，向小葵也悄悄的跟了過去。

點完菜，厲清北掛上電話，就見到向小葵一雙大眼睛撲閃撲閃的望著自己。

他挑眉問：「怎麼？」

「蜀黍……」她嚥了嚥口水，「那三年抱兩個、五年抱三個的事，不是真的吧？」

豪門果然不是一般人想進就能進的！

一想到未來自己跟母豬一樣生個沒完，就覺得整個人生都暗無天日了啊！

厲清北佯作思考：「生四、五個倒也不是不可能，只是我得賣點力才行。」

向小葵立刻腦補出一個畫面，就是每天晚上當她和蜀黍鍛鍊身體時，床兩邊站滿了黝黑大漢，在他們耳旁唱起動人的旋律：同志們加把勁兒喲，嘿嘿喲啊……

好雷……－_－|||

「要生你自己生。」

「生孩子這事我都包辦了，妳幹什麼？」

「我負責玩。」

「玩什麼？」

「玩孩子。」

「孩子是拿來玩的？」

「不然咧？」

「那妳告訴我，老婆是用來幹什麼的？」

「拿來疼的！」

「不對，也是拿來玩的。」

「欸？」

「讓老公玩。」

「喂喂喂……叔叔和阿姨還在外面啊……你別唔唔唔……」

一分鐘後——

「色魔！我不跟你玩了！」

餐桌上，厲母理所當然問起兩人的婚期。

厲清北解圍：「小葵還在上學，結婚的事我們想等她畢業之後再說。」

厲母猶豫間，厲父這時候開了口：「我同意，年輕人要有自己的規劃。不能為了結婚，就把學業耽誤了。」

向小葵暗暗點頭，此處應有掌聲！

「這倒是，清北這幾年都是按照自己的人生規劃一步一步來走的，小葵要是為了清北而打亂自己的計畫也不公平。不過啊，小葵這個媳婦我很喜歡，所以得先訂下來。」

厲母說完，從手提包裡拿出一個盒子，打開，翠綠色的鐲子躺在裡面。

「這個鐲子，凡是我們厲家的媳婦都會有。雖然你們現在暫時不結婚，可這個親是一定要訂的。」厲母拉過向小葵的手，緩緩將鐲子套進她的手腕，滿意的拍了拍她的手，「這個就當阿姨給妳的保證，我們厲家三媳婦的位置，從今天開始，非妳莫屬。」

向小葵低頭看著手腕上多出來的物品，剎那間覺得，一直認為距離自己很遙遠的事情，突然變得很近很近，這個結婚什麼的……

第七章

隨著向小葵開學，她在厲笙的實習也正式結束了。

上班最後一天，她和新來的實習生小妹進行了短暫的交接……好吧，她手上的確沒什麼值得交接的工作，用四個字來形容她的實習生涯，那就是——無所事事！╮(╯▽╰)╭

向小葵也搬回了宿舍，下午沒課的時候才會坐公車去厲清北的公寓，偶爾留下來住一晚。

對此，厲清北頗有微詞，但向小葵馬上就會問他：「你想不想讓我平平順順的結束大學生活？」

然後，他就沒話說了。

因為某人還想著等她畢業了就結婚呢！

如果她因為有科目不及格，得在學校多留一年的話，他估計要等死了。＝＝
而向小葵覺得蜀黍有弱點在自己的手裡簡直太爽了！可能這輩子她能翻身起義的機會就這麼一次了，所以必須要格外珍惜。

上午結束了必修課程，向小葵打電話給厲清北，卻被他掛斷了。後來他發簡訊過來說正在開會，讓她先自己回去。向小葵回了個笑臉，一邊往車站的方向走。

剛到車站，向小葵收到厲子茜的簡訊。

厲子茜：三嫂，妳現在在哪？
向小葵回過去：車站呢，什麼事？
厲子茜：你們學校的車站？
向小葵：是啊。
厲子茜：妳等我一會兒，北北剛發簡訊說他下午忙不完，讓我陪妳。

向小葵囧啊囧，她又不是小孩子了，自己也能打發時間的。不過，厲清北這個舉動還是讓她覺得很溫暖。

沒多久，厲子茜的小Mini出現了。向小葵打開車門上了車，厲子茜遞來一杯好喝的薑茶，「吶～我最新研製的飲品，三嫂幫我品鑑一下吧？」

說品鑑就太抬舉她了，至今為止，厲子茜已經成為向小葵心目中的廚神了，不管做什麼都好吃得讓人欲罷不能。

喝了一口薑茶，連平時最討厭薑味的向小葵都被深深折服了，「好好喝！子茜，我覺得妳可以不用讀研究所了，直接開間餐廳絕對不會比厲大哥他們公司賺的少。」

厲子茜開著車，笑道：「做吃的只是興趣啦，我這輩子最大的願望就是為心愛的人做飯！一般人可是無法輕易的嚐到我的手藝哦～～」

向小葵簡直崇拜死了，星星眼看著越發光輝偉岸的厲子茜說：「子茜，不如妳教我做飯吧！」

不是有那句話嗎？想征服男人的心，就要先征服男人的胃！

厲子茜扭頭看了向小葵一眼，看到她眼底燃燒著的決心，猶豫了一下，點頭答應道：「也好。我媽說等妳畢業了就要生小孩了，總吃外賣食物肯定對身體沒好處的。讓北北下廚，下輩子都不可能，所以這唯一的希望就只能寄託在三嫂妳的身上了！」

——汗！厲媽媽是多盼望著我趕快生小孩啊，連子茜都知道這事了……

兩個小女生直接開車先去了超市，厲子茜對食材的要求簡直高到讓向小葵傻眼，挑來挑去單是在超市就花費了近兩個小時。到家後，向小葵已經累癱。

厲子茜對自己喜歡的事情向來是精神百倍，將食材從袋子裡拿出來一一歸類好，一邊還對向小葵說：「三嫂妳是第一次做飯吧？不如今天妳當助手就好，把食譜和製作流程記下來，這樣以後我不在的話，妳還可以學著自己做。」

「嗯嗯！」一想到心愛的蜀黍可以吃到自己親手做的菜，向小葵又有了動力。

向小葵繫上新買來的圍裙，站在厲子茜的身邊，然後見厲子茜攤開手說：「胡蘿蔔。」

「來了！」向小葵遞上兩根胡蘿蔔。

「蔥。」

她乖乖把蔥放到厲子茜手裡。

「鹽。」

鹽？向小葵不太會分辨鹽和糖，乾脆用最快的方法——嚐一下。

「呸呸！」好鹹……

厲子茜翻了個白眼，「也不用吃到小半勺啊……」

向小葵默默流淚的遞上食鹽。

廚房這邊進行得如火如荼，向小葵感覺自己像是在手術室裡一樣緊張，「主刀醫生」有時候熱了，她也會立刻用紙巾替她擦一擦汗，簡直敬業極了！

很快，厲子茜燉的羊肉已經開始飄出香味了，向小葵唾液腺分泌旺盛。她嚥了嚥口水，問：「子茜，這道菜好香啊！」

「嗯哼。」厲子茜說：「這個呢，叫蜜月菜，要先把杜仲煎成藥湯，然後再把藥汁加在燉羊肉裡，直到燉爛就可以了。」

「蜜月菜？名字好好聽啊！」

厲子茜點點頭，看著向小葵說：「三嫂，這個可要讓北北多吃一點哦！」

「為啥？」

「就是多吃點嘛！還有那個湯，反正妳知道我是為妳好就OK啦！」厲子茜說完，還朝她眨眨眼。

向小葵一頭霧水。

五點多，一桌「滿漢全席」就完成了，厲子茜很識相的不肯打擾向小葵和厲清北的二人世界，做完晚飯就開著車走了。

六點多的時候，厲清北回來了，一進門就聞到香噴噴的味道。

向小葵聽到鑰匙響就猜到他下班了，連忙跑到玄關處，身上還穿著印有Hello Kitty圖案的圍裙，雙手置於小腹處，仿效日本小媳婦的模樣向厲清北鞠了個躬，「老公，你回來了，上班辛苦啦！」

厲清北站在門口，默了。

過了一會兒，厲清北還是沒任何動作，向小葵臉上的笑容越來越僵硬。

突然，厲清北放下公事包走了過來，一把將她死死的抱住。

男人身上的氣息頓時撲面而來，向小葵的小心臟撲通撲通狂跳著。沒想到她偶爾溫柔起來，蜀黍

會激動成這個樣子齁齁齁～～

她正得意，便聽男人帶著一絲哀求的語氣說：「小葵，聽我的話好嗎？每天的藥一定要記得吃。否則妳瘋起來，我也是會害怕的。」

向小葵：「……」

厲清北笑著走進餐廳，看到一桌子的菜，他玩笑的表情也消失了，轉過身望著噘著嘴巴生氣的某人，用手指戳了戳她氣鼓鼓的臉頰。

「妳做的？」

「哼！」侮辱人格什麼的根本不能忍！

「子茜教的？做了一下午？」厲清北已經帶點討好了。

向小葵仍是不理他，而且還把頭傲嬌的轉了個標準的四十五度角，上揚。

厲清北忍笑道：「那妳現在是想要跟我生氣，還是我們先吃飯？」

向小葵做了一番考量，然後霸氣側漏的一拍桌子說：「先吃飯！」

——有力氣了再收拾你！(>_<)

向小葵的腦袋裡根本裝不住事，沒一會兒就把對厲清北侮辱自己人格之恨忘得一乾二淨，還很狗腿的一個勁問他好不好吃、喜不喜歡、鹹了還是淡了。她的每一個問題，厲清北都耐著性子回答，而且答案讓向小葵很滿意。

不過，厲清北吃的並不多，他的理由是因為開會的關係，到了下午才吃午飯，所以目前還不餓。然後向小葵就被糊弄過去了，也沒細問。

吃完晚飯、收拾好餐桌，原本按照平時的習慣，厲清北是要回書房工作的。不過今天男人變得很不尋常，提前洗了個澡，然後把洗碗中的向小葵拉進了浴室。順便，他還很壞心的對她身上的圍裙進行了一番評價：「下次妳可以試試不穿衣服，只穿圍裙，一定也很漂亮。」

向小葵很有經驗的對他的話題選擇無視。

第一步是洗澡，第二步自然就是很愉快的床上運動了。而蜀黍今天似乎格外的賣力，向小葵求饒了幾次都沒成功，乾脆呈陳屍狀，進行無聲的抗議。

肩頭時不時傳來濕熱的觸感，厲清北在飽餐一頓之後竟然還不滿足，連甜點都不放過！

向小葵悲憤！

「蜀黍，開會將近八個小時，你難道不累嗎？」幹嘛還要折騰她啊！

厲清北從她的頸窩抬起頭，聲音沙啞，極其性感：「怎麼，還不滿意？那我繼續……」

「滿意！」她立刻投降：「滿意的都要哭了好不好！求放過！」

厲清北壓在她身上，垂眸看了她一會兒，向小葵只差淚眼汪汪的跟他表決心了。片刻，他翻身躺倒她身側，將向小葵攬到懷裡說：「我還以為妳給我吃那些，是在暗示我每天晚上要賣力一些。」

「吃哪些？」向小葵只覺得雲山霧罩，吃飯和運動有什麼關係嗎？

「蜜月菜，十全大補湯……妳這麼費心的替我大補，我怎麼也要做點實事回報一下。」

向小葵沉默了一會兒，慢慢消化了厲清北的話，小聲問：「所以那些菜都是……」

「嗯哼。」厲清北挑眉給了她答案。

向小葵已經僵化了，腦海裡浮現出厲子茜之前那個意味不明的眼神……

真的好想抓住厲子茜問問她啊！

——小姑我們之間有多大的仇！究竟是有多大的仇妳要這麼害我啊啊啊！

雖然她被厲清北吃得渣渣都不剩，但一桌子的大補食材也不是白吃的。

後遺症就是，兩天後，厲清北的額頭上冒出了一個小痘痘。

厲清北的臉一直都很乾淨，所以即便痘痘很小，但也好明顯！

都年近三十了還長痘痘真的好好笑啊！尤其腦補蜀黍頂著痘痘去開會，下屬們想看又不敢看的畫面，她根本笑得停不下來！

而向小葵的報應就是被厲清北啃得更嚴重了。

腰好瘦……原來要補的人是她啊……/(ToT)/

★　★※★※★※★　★

厲清北在上班前把向小葵送回宿舍，向小葵上午沒課，於是打開筆電登上語音聊天室，頻道裡只有團子大人和壯士你好白兩個人，因為壯士你好白還在上班中，她只是掛著躺屍，通常都不出聲，所以向小葵和團子大人聊了起來。

本來聊著《忘川》的事，團子大人忽然話題一轉：「對了花魁，妳這幾天是不是都沒上社群網站？」

向小葵點頭，「沒什麼大事就沒上了，怎麼？」

「沒事。我不是把咱們上次網聚的合照放到站上了嗎？最近我的頁面快要被粉絲洗爆了，都在求陛下和妳的照片呢，而且還要露臉。剩下的一小撥人，還問我你們什麼時候會修成正果，好囧。」

團子大人放照片的事向小葵是知道的，發到網站上之前，團子大人用卡通圖像把他們的臉都遮掉了，所以沒透露太多隱私，向小葵也就同意了。

可惜，她還是低估了粉絲的八卦程度。發照片不給他們看到臉，就好比在網上曬好吃的卻不放店家地址一樣，簡直罪大惡極。

不過，向小葵也是一笑置之：「他們只是好奇而已，等過一陣子就會好了。」

向小葵是真的這麼以為，但是她同樣低估一件事，那就是網友的力量是非常強大滴！

沒過幾天，一個暱稱叫「胖子還是那個胖子」的網友在社群網站上貼了一張照片，照片中是一對年輕的男女，女生似乎剛下車，男人則站在車門邊，正將手上的女式雙肩背包遞給她。

拍攝時間恰好是下午，陽光正盛，細細碎碎的光芒打在兩人身上，因為拍攝者逆著光，所以照片有些模糊，卻因此增添了一種神秘的朦朧美。尤其女生微仰起頭，對著男人淺笑，有了陽光的修飾，顯得更加溫馨。

發訊息的胖子還是那個胖子用文字簡單說明了一下，因為和花魁是校友，無意間撞見過幾次她男友送她回學校的畫面，後來看到團子大人發的那張照片，就覺得這兩人的身影很熟悉，尤其花魁的那個雙肩包。經過一番推敲，最終確認網上的溫不語和花魁就是她在現實中見到過的人。

照片發上網站後，某個稍具知名度的聲優就轉發了。其實這位聲優也沒惡意，同樣只是好奇而已，還標記了團子大人他們幫助確認。

本來這條訊息會這麼沉下去的，但那位聲優一轉發，粉絲就知道了，然後越來越多的人看到了這張照片。

之前和團子大人他們網聚時互留了電話，向小葵之後又好幾天沒上網，所以根本不知道社群網站上又因為自己和溫不語的事情鬧翻天，後來還是接到團子大人的電話才知道一些來龍去脈。

掛上電話，向小葵沒有先對厲清北說，而是登入社群網站，果然看到幾千條標記自己的提示。

胖子還是那個胖子：已經好多次看到陛下送花魁回學校了，之前都不知道這一對就是大名鼎鼎的溫小花ＣＰ，只覺得好有愛，現在知道是他們，幻想一點都沒破滅，反而想動筆寫一部大神和小新人

的小說了，真是太般配了！PS：拍照技術不好，模糊了一點，大家湊合看。

19L：**進擊的團子、壯士你好白、莫失莫忘法號莫莫**求解啊！

21L：不是真的吧？竟然比我腦補出的兩人還要男帥女美！這不科學！

371L：最萌身高差什麼的嚶嚶嚶……樓主多貼點照片啊，我們要看陛下正臉！

716L：網傳陛下是某公司大佬，這下相信是真的了，那車真的好貴……（喂！關注點不對啊！）

1128L：花魁真的白白淨淨的，看起來就是純良小白兔，怪不得陛下會喜歡了哈哈！

7161L：瞬間腦補出各種酷帥狂霸跩的總裁VS單純學生妹的狗血橋段……

11241L：西裝控已被陛下帥哭！

向小葵一條條評論看下來，沒找到任何透露他們其他資訊的評論，而且那位胖子還是那個胖子發完這條訊息後，也沒再發其他和他們有關的訊息，向小葵這才放心。

團子大人還特意打電話來道歉，甚至把之前發的那張合照的訊息連同照片刪掉了。向小葵表示沒關係，但還是有點害怕會被網友人肉搜索出來。

好不容易等到厲清北下班的時間，向小葵在宿舍打電話給他。

「在哪呢？」厲清北以為向小葵想過來找他，所以直接問她在哪好過去接她。

「還在宿舍啊。」向小葵咬咬唇，說：「那個，蜀黍，網上有人爆我們的照片了……」

厲清北收拾公事包的手一頓，蹙眉問：「網上？」

「嗯嗯，在社群網站上。好像是我同校的學生，看到過你送我回去，一結合團子大人發的合照，就猜到是我們了。」

「我先看一下，待會兒打電話給妳。」

「好。」

厲清北重新坐回辦公桌前，打開電腦，登入自己的社群網站帳號。

一進入介面，他立刻看到了那張照片，拍攝者似乎在他們的斜後方，他只是一個側影入境，向小葵的臉也不是很清楚，車子的車牌對方倒是很有道德的打了馬賽克。

相對於向小葵的學生身分，厲清北本應該更擔心自己的二次元身分被網友人肉搜索出來，但一看到這張照片，他的第一反應卻是因為向小葵入鏡而有些惱怒。想到剛剛她在電話裡的語氣，雖然很平靜，但他還是聽出了一絲惶恐和不安，應該是怕會給他帶來困擾吧。於是，他連忙撥了電話過去。

「蜀黍？」

「我看到照片了。」厲清北波瀾不驚的語氣透過話筒傳了過去，「沒什麼關係的，妳不用擔心，晚上我會解決。」

「真的沒事嗎？蜀黍會不會被朋友或者公司裡的人認出來？」

厲清北聞言笑了笑，「認出來又有什麼關係，難道他們的上司就不能談戀愛了？」

他的輕鬆語氣完全沒有讓她放寬心啊……

於是，厲清北又安撫道：「他們都不玩社群網站，而且，只是一個背影也說明不了什麼。」

「哦。」

不想她無精打采的，厲清北問：「晚上要過來嗎？不如繼續做飯給我吃？」

「啊，不要了，免得又叫人看到。」向小葵立刻拒絕，「蜀黍，這幾天你還是不要來學校了。」

「為什麼？」

「風頭正緊啊，我們還是避避吧。」

厲清北聞言苦笑：「小葵同學，我們好像是很光明正大的男女關係吧。」

「唔，好像是誒。」

什麼叫好像……厲清北嘆了口氣。

「算了，今天放過妳。晚上我把事情解決掉，後天跟我回厲家吃個飯。」

「什麼！」向小葵驚坐起，「怎麼這麼突然！」

「給妳兩天的時間準備，還突然？」

「嗚嗚怕怕啊……」

「醜媳婦總要見公婆的。」

「誰醜？」

向小葵很容易被轉移注意力，一聽到醜這個字，立刻就炸毛了，可見女孩子的天性還是愛美滴～

「我媳婦醜。」厲清北說道，一邊關上電腦。

馬上，電話那邊傳來向小葵的叫聲：「竟然敢說我醜！」

「我說我媳婦，妳激動什麼？」厲清北笑了，「就這麼想成為厲太太？所以說，妳現在是在跟我求婚嗎？」

向小葵：「……」

被厲清北一鬧，向小葵之前鬱悶的心情一掃而光，反而開始緊張後天去見公婆要穿什麼了，真是非常忙碌！

厲清北回到公寓，第一件事就是和發照片的人聯絡，私訊給她。

但對方遲遲沒有回訊，厲清北漸漸沒了耐性，立刻想到可以打電話給公司的ＩＴ部門，將問題丟給他們去解決。但轉念又想，如果讓公司裡的人刪掉這張照片，不就變相的讓公司職員知道了這件事？於是只能作罷。

第二天，胖子還是那個胖子出現了，並且第一時間回覆了厲清北的私訊，還表示了一下自己收到偶像的私訊後的心情——那真是特別激動！

厲清北用很客氣的語氣請對方刪掉之前那張照片，並說明了不希望現實生活中任何人去打擾他和向小葵的生活。對方只是個學生，沒有惡意，聽完厲清北的意圖後，她很通情達理的將之前那條訊息刪掉了，也對自己的莽撞感到抱歉。

厲清北原本都做了最壞的打算，而對方甚至沒提及到任何要求就很乾脆的答應他，他反而覺得有點出乎意料。

想了想，厲清北最後還是登上社群網站，發了一條最新動態。

溫小花神教陛下大人溫不語：愛上她時，便有了軟肋。只有被她所愛時，才有了鎧甲。但願這一生，都能護她安好。

厲清北並未對之前的事做出聲明，但這番話卻表明了自己對這段感情的態度——

不管二次元還是三次元，無論是網路上還是現實中，但凡有可能會傷害到她的事，他絕不允許。

很多粉絲也聽出了厲清北的弦外之音。

64L：其實大家喜歡陛下和花魁，在網上祝福就好了，何必扯到三次元～

65L：同樓上。給喜歡的人帶來麻煩才最可惡吧，希望喜歡溫小花的粉絲不要再八卦了。

162L：太感動了！陛下和小花一定要好好的！

461L：陛下大丈夫！有陛下的愛護，那朵小花一定可以盛開得美美的！

1732L：把陛下逼急了帶著花魁一起神隱，到時候哭的就是我們了，所以粉絲們別再提三次元的事情吧。

4128L：雖然很好奇陛下和花魁的故事，但身為溫小花CP的腦殘粉，一定不會去現實生活中打擾這一對的。祝福！

由於對厲清北動態消息特別關注，所以向小葵的手機在第一時間提示了她。

看到厲清北發布的訊息，向小葵的內心湧起了一種難以用語言形容的複雜。因為她忽然間覺得，幸福，也不過如此了吧。

接下來的一段時間裡，向小葵的腦海中浮現出一幅幅畫面——

每次洗過澡後，他站在身後為她擦拭長髮的樣子。

每次來學校接她，等待時他倚靠在車旁玩手機的樣子。

每次吃飯，他先將她最不喜歡的蔬菜挑到自己碗裡的樣子。

每次看電影，窩在他懷裡，他很自然的將薯片送到她嘴邊的樣子。

每一次，說喜歡他，他笑笑的回應時的樣子。

這應該就是幸福了。

愛著他，同樣，也被他所愛。

★　★※★※★※★　★

到了要正式去厲家拜見公婆的日子，向小葵一早就在梳妝打扮，拋棄了一直以來的好朋友——T恤和牛仔褲，穿上了厲清北稍早為她準備的淺藍色長裙。

向小葵第一次在厲清北出現之前就等在樓下了。宿舍樓前的小路不算寬敞，兩旁種植著繁茂蔥郁的樹木，午後的光透過樹葉之間的縫隙灑落在路面上，形成美麗的光斑。

遠遠的，厲清北的車子朝她的方向駛來，直到停在她的面前。

厲清北下了車，如往常般穿著合身筆挺的西裝，看到她等在這裡卻微微詫異道：「怎麼不等我來再下樓？」

「因為我想早一點見到你啊。」向小葵彎起眼睛，微笑。

——如果能早一點、再早一點見到你，就太好了。

厲清北似有所悟，凝眸看了她一會兒，也笑：「就算妳不出現，我也會早一步找到妳。」

看似不著邊際的對話，兩人卻都聽懂了對方的意思。

於是，在斑駁的樹蔭下，兩人相視而笑。

之後的日子，向小葵依然過得瀟灑悠哉。

上半年考完試後，就直接回到厲笙繼續做她胸無大志的實習生。

Linda和方經理還是老樣子，不過人資部的辦公室裡又新來了一位小妹，和向小葵差不多年紀。她偶爾和向小葵說起自己之前聽來的八卦，無非有關厲三少和辦公室裡一位前實習生相遇相戀的故事。說到動情處，小妹心生感慨，期盼這份桃花運什麼時候能落在自己身上。

通常這個時候，向小葵只是笑笑，有點不好意思。

沒想到自己和厲清北的事竟然成為公司裡的戀愛傳奇，這麼多人爭先仿效。

後來向小葵怕小妹妹尷尬，義正辭嚴的命令某人不要出現在人資部的辦公室。某人自然不會聽從，一次和向小葵正難捨難分時，恰好被買飯回來的實習生小妹撞見。

小妹有幸開會的時候見過一次厲清北，知道他的身分，所以看到那幅畫面時的震撼可想而知。

自此之後，小妹每每見到向小葵，都會用一種極其羨慕的眼神膜拜她，甚至還向她討教釣金龜婿的秘訣，向小葵囧囧有神。

★　★※★※★※★　★

早上，厲清北準備去上班，向小葵躲在被窩裡不肯起來。

一開始做實習生的時候，她還怕別人說閒話，所以對自己格外嚴格，沒有意外情況絕不遲到早退。可後來，全公司都知道她上班不過是乾領薪水，於是她連裝裝樣子都懶了。

厲清北看她不想上班，也不勉強，人資部並不是沒了她就運作不了。

他先打電話叫外賣，等外送員把早餐送來了，才去臥室叫她。

向小葵卻不想吃，因為馬上要到蜀黍的生日了，向小葵絞盡腦汁想為厲清北過一個很特別的生日，成天上網搜攻略，查找別人的創意，以至於她現在睡眠不足，什麼胃口都沒有。

厲清北看了一眼手腕上的錶，已經到了出門的時間，於是低頭親了親她。

「那我把粥放冰箱裡，一會兒起來熱一熱，別忘了吃。」

向小葵點頭，吃力的把眼睛睜開一條縫，目送厲清北清俊的背影消失在門外。

十點多鐘的時候，向小葵還在睡，一通電話打了進來，是厲清北的媽媽。

臨近她畢業，厲媽媽關懷的電話也越來越頻繁。

厲媽媽在電話裡囑咐她要多吃飯多運動，想吃什麼就打電話給她或者厲子茜，向小葵答應著，心裡美滋滋的。雖說厲媽媽至今都沒有放棄五年抱三個的美夢，但關心她也是真的。一想到未來有這樣的婆婆，根本不用擔心婆媳問題，她就覺得好輕鬆！

向小葵和厲媽媽聊了一會兒，剛掛上電話，程綠又打了過來。

聽到向小葵睡意朦朧的聲音，程綠簡直痛心：「我發現厲清北簡直拿妳當豬再養，都快十一點了，竟然還不起床，他都沒怨言的嗎！」

「他才不敢！」向小葵傲嬌的揚起下巴，女王味十足。雖然在家通常她才是被欺壓的那一個，但在好姐妹面前怎麼能承認這麼丟臉的事呢？

「哦，我明白了……」電話中傳來程綠的奸笑，「估計是每天晚上他把妳弄得太累，所以早上才允許妳多睡一會兒，養精蓄銳，晚上還要保存體力那什麼的是吧？我懂、我懂。」

向小葵腦子混沌，過了一會兒才反應過來，臉爆紅，對著手機就吼：「小蘋果妳簡直越來越流氓了！」好擔心謝教授會被她帶壞哦嗚嗚嗚……

程綠顯然還沒欺負夠她，壞心的問：「我流氓？那如果不是這個原因，妳說一個導致妳這麼懶的理由。啊！難道不會是懷孕了吧？不過也是哦，厲清北天天這麼努力，開花結果也是很正常的。」

向小葵被程綠氣瘋了，完全不想理她。

程綠還不過癮似的，猶自道：「那妳最近有沒有想吐？是不是吃什麼都沒胃口？每天睡好久，但都還覺得腰痠背痛腿抽筋……」

程綠的聲音不斷從聽筒裡傳來，向小葵卻拿著手機愣在那裡。程綠說的症狀，真的好像她最近的狀態哦……

「那個，小綠……」向小葵弱弱的出聲：「妳說做畢業論文報告的時候，頂著大肚子去會不會很奇怪啊……(⊙﹏⊙)」

「……」

「……」

「天吶，妳這個死丫頭！我是開玩笑的啊！妳不會是真的那個了吧！」

和程綠結束通話，向小葵已經毫無睡意了，坐在床邊望天望了很久，才遲緩的掀開被子，從衣櫃裡翻出舒適寬鬆的衣服穿上，然後去刷牙洗臉。

這段時間，也足夠程綠搭車從學校趕過來了。

程綠沒有敲門，簡直是用拍的！

當向小葵打開門時，程綠一副高利貸要債臉說：「走，我們去醫院！」

向小葵卻像受了驚似的甩開程綠的手，「我還沒確定是不是，去醫院萬一不是的話，不就很尷尬嗎？」

「拜託，醫院是幹嘛的？就是確診用的好不好！」程綠已經受不了她了。

向小葵還是不敢，其實她只是懷疑，心中一直有個小小的聲音在告訴她，應該沒這麼巧……

「我危險期的時候，蜀黍一直都有做措施的。」

「那根本不是萬無一失的啊！」程綠放大招了：「我不管，妳是現在和我去醫院，還是我打電話給厲清北，讓他陪妳去醫院？」

向小葵知道程綠是認真的，思考了一秒鐘，做出決定：「我們去藥妝店買個試紙測試一下吧！」

程綠無語。

最終，兩個人還是去了鼎盛世家附近的藥妝店。

向小葵拉著程綠進去的時候，引起了不少店內人員的注意。

「幸好只是藥妝店而已，如果是銀行，恐怕人家都要以為妳是來打劫的了。」程綠看著一旁戰戰兢兢，從頭到腳都進行了一番偽裝的向小葵。

雖然已經快要冬天，但裝扮成這樣還是很引人注目的。

向小葵扶正臉上的墨鏡，四下觀望了一下，沒察覺到什麼可疑，小聲說：「別說那些亂七八糟的啦，快點把東西買到手，我們趕緊回去。」

結帳時，向小葵因為太緊張了，原本要放在結帳檯上的某物品啪的一聲掉在地上，引得後面排隊的人看了過來。

向小葵哪經歷過這些啊，再加上心虛，第一反應就是淡定的推推身邊的程綠，說：「小姐，妳東西掉了。」

程綠：「！！！」

付完帳，由程綠開車，兩人回到厲清北的公寓。期間，厲清北打來電話，向小葵看到螢幕顯示出他的名字，嚇得差點把手機順著車窗扔出去。

程綠瞥過來一眼，「妳剛剛陷害我時的冷靜呢？」

向小葵雙手合十，眼淚汪汪的說：「女俠！救命！」

程綠挑眉。

「以後有小女幫得上的地方，小女一定竭盡所能！」

程綠這才拿過她的手機，按下綠鍵，說：「喂。」

厲清北聽出了程綠的聲音，「妳和小葵在一起？」

「是啊，那丫頭掉廁所裡了。你有事嗎？」

向小葵黑線，用眼神控訴：就不能找個好點的理由嗎！

厲清北無聲失笑：「沒事，問她吃飯沒有。等她、呃，不忙的時候回個電話給我。」

「OK！Bye。」掛上電話後，程綠把手機扔還給向小葵，語氣帶了點不屑：「早上不還挺能耐的嗎？怎麼現在連電話都不敢接了？」

「我一說謊他就能聽出來，所以……」向小葵無奈道。

丟臉就丟臉吧，現在最要緊的已經不是臉面的問題了！

一回到公寓，向小葵就直接衝進洗手間。但是程綠等了很久都不見她出來，心想：真的掉進馬桶裡了？

敲了敲門，程綠站在洗手間外說：「不是三五分鐘就會好嗎？怎麼還不出來？」

過了一會兒，裡面幽幽的傳來向小葵的聲音：「我緊張，我、我噓噓不出來……」

程綠差點被氣死。

隔著一道門，向小葵坐在馬桶上，看著手裡的東西出神。

這個時候，她真的很想厲清北在身邊，無論結果如何，有他陪著自己也會覺得安心。可是，又矛盾的不想讓他為自己擔心。而且，如果結果是否定的話，他也應該會失望吧……

過了十分鐘，向小葵終於出來了。程綠擔心死了，立刻迎上去問：「怎麼樣，結果是什麼？」

向小葵恍恍惚惚的看了程綠一眼，沒有說話。

程綠不耐煩了，乾脆拿過她手中的東西一看，眼睛一亮，「哇哦！有了有了有了！」

向小葵沒理會程綠的雀躍，自己走到床邊坐了下來，異常的沉默。

程綠激動過後也察覺到她的不對勁，湊過去看到向小葵快要哭出來的表情，馬上安慰道：「怎麼了？這不是大喜事嗎？厲清北知道了一定會高興壞了。」

向小葵還是不發一語。

「難道是擔心畢業論文的事？放心啦，再一個月就畢業了，到時候妳的肚子根本還看不出來嘛，不說的話誰知道妳要做媽媽了。」

向小葵始終不說話，程綠也沒辦法了，聳肩，問：「要不要我現在打電話給厲清北，讓他和妳一起想辦法？」

一聽到他的名字，向小葵似乎終於清醒了過來，看了一眼程綠，然後哇的一聲就哭了出來。

不是簡單的哭一哭，而是嚎啕大哭！

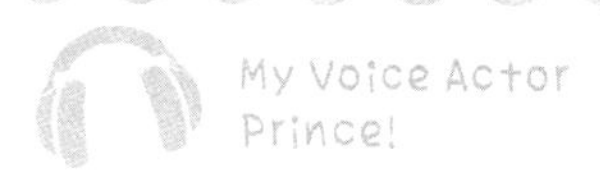

程綠還是第一次見到向小葵哭，而且還哭得這麼撕心裂肺，一時間也無措起來。

直到哭濕了程綠一邊的肩膀，向小葵還記得換個肩膀繼續哭，程綠只好長時間維持同一個姿勢。等向小葵哭累了，程綠全身也已經痠得不行。

向小葵眼淚汪汪的抬起頭，程綠以為她要做出什麼驚天動地的決定。誰知她一開口，卻是——

「小綠，我終於想到要送什麼生日禮物給蜀黍了。」

★　★※★※★※★　★

週三，是厲清北的生日。

果然不出向小葵所料，厲清北根本不記得這一天是什麼日子，照常去上班，晚上六點才回來。

因為之前向小葵已打電話約了厲子茜，下午厲子茜過來幫忙向小葵準備生日宴。在厲子茜的指導下，向小葵甚至很成功的做了一個生日蛋糕。

厲清北六點鐘到家，一進門就發現玄關處的鞋櫃放著很多雙鞋。他一抬頭，看到自己的家人都在。正對著他的燈下還掛著一塊橫幅。

「祝厲清北童鞋生日快樂。」

男人的眉梢輕揚，不用想也知道是誰的傑作。

以厲子茜為首，家人紛紛送上禮物。

其實厲家人大多數都不記得自己的生日。當然，厲子茜例外，對她來說生日可是非常特別的節日，甚至每年除了要過國曆生日之外，還要過一遍農曆生日。

男人對這些就沒那麼看重了。但一想到今天是向小葵精心為自己準備的，他對這種日子反而沒那麼排斥，甚至覺得很暖心。

厲清北一一道謝，最後站在她面前，低頭，問：「妳送我的生日禮物呢？」

向小葵紅了一下臉，不過還是拿出早就準備好的小盒子。厲清北看到包裝精美的禮物，很好奇裡面是什麼，於是將其他人送的放到一邊，想先打開手裡的這個小盒子。

察覺到他的意圖，向小葵忙阻攔：「先不要拆啦！」

「為什麼？」他不解的問。

向小葵臉更紅了，當著這麼多人的面，卻不知道該怎麼說。

厲子茜好奇心旺盛，忙湊過來，慫恿：「北北，快打開看看是什麼！」

厲清北無視妹妹，不過手下拆包裝的動作卻沒停，很快，紅色包裝紙被扔在地上，厲清北打開小盒子……

看著裡面的東西，厲清北愣住了。

周圍也寂靜一片，厲子茜踮起腳尖透過厲清北的肩看過來，一秒後笑出聲，打破沉默：「三嫂好

有創意，化驗單當作生日禮物送給北北，估計北北這一輩子都不會忘記這個生日了！」

向小葵害羞得抬不起頭來，厲清北仍舊像被點了穴似的。

厲媽媽反應最快，熱情的摟了摟向小葵說：「葵啊，這真是好消息啊！快快快，別站著了，到沙發這坐著。」

厲媽媽笑盈盈，向小葵好像在她臉上看到美夢即將成真的喜悅，囧。

向小葵剛坐下，厲清北終於如夢初醒，他撇開眾人大步走了過來，蹲在向小葵面前，黑眸閃亮亮的問：「這是真的？」

向小葵和他對視一會兒，點點頭。

他笑了。

這一刻，向小葵彷彿看到他的眼睛裡，一大朵一大朵的煙花在這一剎那綻放、盛開。

厲清北捧住她的臉，湊近，吻了下她微涼的唇。

「小葵，我只能再等妳一個月。」

——等妳畢業後，我們結婚。

《我的聲優王子～Love恋～02》完

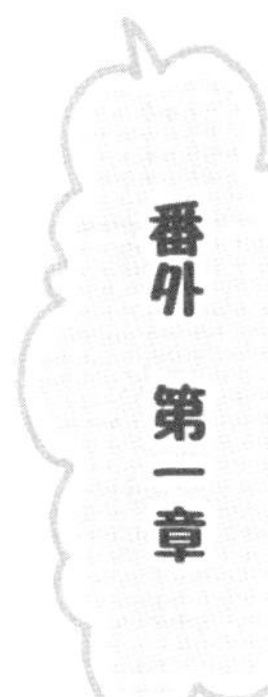

番外 第一章

「小綠啊，隔壁新搬來了一戶人家，我正好烤了一些餅乾，妳送過去給新鄰居吧。」

程爸爸常年出差，家裡大多數時間只有程綠和程媽媽在，難免有時候會麻煩到周圍的鄰居，所以程媽媽一直致力於和鄰居們打好關係，好在關鍵時刻能有人幫自己一把。

於是，程綠就端著那盤餅乾站在隔壁的院子外。

相對於同年齡的女孩來說，程綠過於早熟了。如果不是程媽媽威逼利誘，她根本不喜歡結交新的朋友。

程綠癟著嘴，按響了大鐵門旁邊的門鈴。

過了一分鐘，終於有人走了過來。

當時程綠正百無聊賴的低頭研究餅乾形狀，然後就見面前的大門緩緩被人推開，一雙修長的腿出現在視線之內。她抬起頭，才意識到那個人很高，迎著光，看不太清楚他的樣子。

於是，程綠向後退了一步。

那人這時候也開口：「妳找誰？」

聲音輕輕潤潤的，還未見其人就給程綠留下了好印象。彼此拉開點距離，程綠才看清楚他的樣子，看起來是個很年輕的男生，應該是二十歲左右吧。一頭清爽俐落的短髮，搭配淺色的長褲和襯衫，或許由於陽光的關係，五官此時被襯得異常溫柔雅致，眉梢眼角都似掛著淺淺的笑。

這還是程綠第一次在電視節目以外的地方，見到這麼帥氣的男生。

「小妹妹，妳找誰？」謝慕堯見她久久不說話，甚至很和藹的微微彎下腰，和她正視。

程綠瞪大眼睛，但還是忍住後退的欲望，將手裡的餅乾捧高，「我是隔壁的鄰居，媽媽叫我送餅乾給你們吃。」

謝慕堯垂眸看了一眼，又望向程綠，剛準備要說什麼，這時候，他身後走出一個女人。

「慕堯，是誰來了？」

謝慕堯直起腰說：「是鄰居的小妹妹送餅乾過來。」

女人走過來，見到程綠後立刻就笑了，「好可愛啊，妳今年有十二歲嗎？」

程綠不喜歡別人當她是小孩子，皺眉說：「我已經十四了，阿姨。」

謝母看出她的埋怨，卻只覺得這年紀的孩子就是這麼單純才好玩，忙招呼她：「外面太熱了，進來坐一會兒吧，阿姨做沙冰給妳吃。」

程綠猶豫了一下，交朋友她都不喜歡了，對到陌生人家做客更沒興趣。不過……

看了看謝慕堯，程綠點點頭。

第一次來到謝慕堯的家，門口擺了好多裝雜物的紙箱，客廳裡的沙發還鋪著防塵的塑膠布。

謝母去廚房準備沙冰，程綠則偷偷的左看看、右看看。最後她看到茶几上放著一把小提琴，旁邊放著保養用的藥水和布。

「我媽做的沙冰不太好吃，妳要有心理準備哦。」

謝慕堯不知什麼時候站在她的身後，程綠轉過身，眼神帶了些戒備。

他只覺得好玩，視線越過她落在她剛才看得入神的東西，說：「妳會拉小提琴嗎？」

程綠遲疑了一下，搖頭。

謝慕堯笑：「如果妳想學的話，可以來找我。」

這是程綠第一次見到謝慕堯。

她並沒覺得有什麼，只知道這個男生很帥，還會拉小提琴。

啊，還有——

他笑的時候，她就會變得不能呼吸，不知道是不是生病了。

後來很長一段時間，程綠沒再見過謝慕堯。

不過，謝母和程媽媽倒是成了無話不談的好姐妹。原來謝母年輕的時候就和老公離婚了，獨自帶著兒子過了這麼多年。謝母是那種很熱情親切的女人，漂亮大方，自然吸引了眾多追求者，但是謝母怕再婚影響到兒子，所以自離婚後就一直單身。

這些，都是程綠從媽媽那裡聽來的。

★　★※★※★※★　★

有一天，程綠去超市買東西，剛出家門就看到隔壁門前停了一輛銀色的轎車。

她停下腳步觀察了一會兒，拜程媽媽所賜，周圍鄰居誰家開什麼車程綠都知道得一清二楚，可這輛車她卻從沒見過，而且還停在隔壁，難道是他家來客人了？

正思索著，隔壁的大鐵門打開了，程綠還來不及抬起腳，就和謝慕堯的目光對了個正著。

「Hi～」他笑著向她打招呼。

程綠咬咬唇，過了一會兒，僵硬的回了一句：「……嗨。」

「準備出門？」他問。

「去超市。」她答得言簡意賅。

謝慕堯看了一眼天空，眉頭輕輕皺了起來，「今天溫度這麼高，超市又這麼遠，不如我開車送妳過去？」

程綠這才恍悟，原來那是他買的新車。

「不用了，謝謝。」

謝慕堯不氣餒：「妳走路去很容易中暑的。」

「真的不用。」她抬起腳。

「我也要買點東西，只是順路而已。」謝慕堯幾個跨步，擋在她面前。

程綠有點煩躁了，「你不要多管閒事好不好！」

然後，周圍維持了好長一段時間的安靜。

程綠以為他要生氣了，誰知他卻笑了一聲：「女孩子不溫柔，很難交到男朋友哦。」

她翻個了白眼：交不交得到男朋友關你什麼事？八婆！

不過最後，她還是坐上了他的車，有人搶著做長工，不用白不用。

「把安全帶繫好。」他囑咐，然後又說：「妳可是我的第一位乘客。」

程綠繫安全帶的手停了一下，然後有些莫名的望向他。

謝慕堯接收到她的目光，失笑道：「放心，我的技術還是不錯的。」

程緣覺得自己謹慎小心做人十餘載，還是被謝慕堯這個人給坑了。

她不應該相信他的車技，去超市走路只要一刻鐘，而他足足開了將近半小時才到。

以至於她把醬油和醋買回家，程媽媽那鍋菜也熟了，只是沒有顏色。＝＝

接下來的日子裡，謝慕堯總是有意無意的出現在程緣面前，然後強迫她搭車。

程媽媽說隔壁那家的兒子是某某大學的高材生，還會拉小提琴，很多才多藝，所以讓程緣多和他在一起，好近朱者赤。程緣是個聽話的孩子，於是下半學期她每天都早半個小時出門，讓某個車技不精的人送自己上學。

程緣的話不多，大多都是謝慕堯在說話，他會問問她的成績如何，月考考得怎麼樣，將來想報哪所高中，她都是有一句沒一句的回答他。

時間久了，謝慕堯的車上多了阿狸的抱枕、Hello Kitty的掛飾、周杰倫的CD。

之後有一天，程緣放了半天假，和程媽媽在廚房裡做餅乾。

程媽媽覺得好奇，因為程緣最討厭做這些點心、餅乾什麼的，程緣也從來不吃她做的點心。於是，程媽媽問她。而程緣只是支支吾吾的說明天學校辦運動會，想分給同學吃。

那天晚上她在廚房裡待了三個小時，第一次做失敗了，第二次重新來。第二次還是不成功，就做第三次。

最後滿意的看著飯盒裡的成品，程綠輕輕揚起嘴角。

折騰了一個下午累到不行，草草吃了點晚飯就上樓準備洗澡了。

她剛換好衣服，程媽媽拿著電話上來了，說：「小綠，隔壁的哥哥打電話給妳。」

程綠心臟一緊，看都不敢看程媽媽，連忙接過電話。其實為什麼，她也不清楚。

「喂？」

「小綠嗎？」謝慕堯的聲音透過聽筒傳了過來，「我明天早上有點事，可能沒辦法送妳上課了。妳自己坐公車去，可以嗎？」

她許久沒有說話。

「不高興了？」謝慕堯試探的問。

「沒有。」她的語氣如常：「我明天自己坐車去，你忙你的吧。」

掛上電話，視線落在矮櫃上的飯盒。她走過去，打開飯盒，轉身走到洗手間，打開垃圾桶的蓋子，將餅乾一塊不剩的倒了進去。

之後，謝慕堯過來送程綠上學，她卻怎麼都不同意了。

程媽媽覺得奇怪，程綠說一直麻煩人家很不好，程媽媽也不好說什麼。

再過一個月就要過年了。

程綠的農曆生日是初一，挨著大年三十，之前程爸爸在國外打電話來問她想要什麼禮物，程綠說想要爸爸。

不過大年三十那一天，還是沒等來程爸爸。紐約那邊大暴雪，飛機延遲了。

程綠知道程爸爸不是故意的，但如果真的想她，就不能提前坐飛機回來嗎？

她鑽起牛角尖來程媽媽也勸不動，兩人尷尬著看著春節特別節目，吃著餃子。

新年倒數的時候，程綠沒守在電視機前，她走到院子裡坐在臺階上，一個人鬱悶起來。別人的快樂和笑臉，對於此時的程綠來說，是一種折磨。

正生悶氣呢，忽然聽到窸窸窣窣的聲音從牆頭傳了過來，程綠一抬頭，恰好看到謝慕堯從牆的另一邊翻到她家的院子裡。她愣住，因為沒想到他會跟個小流氓一樣翻牆到女生家。

謝慕堯平穩的跳到地上，得意的對她眨眨眼睛，然後一屁股坐到她身邊，學著她的樣子手臂環住雙膝，看著夜空。

「新年呢，怎麼又不開心了？」

程綠不理他，什麼叫「又」，說得她好像天天都不開心一樣。

她！開！心！得！很！吶！

謝慕堯被她逗笑，說：「妳看，我沒有爸爸，妳爸爸今天也不陪妳。我們算是同命相憐了，今年的跨年我陪妳一起過吧，這樣我們兩個人都不會顯得那麼淒涼。」

程綠聽完，心裡一抽一抽的疼。

她爸爸只是暫時不能回來，可謝慕堯的爸爸卻是永遠都不回來了。為了逗她開心，拿自己的傷口進行取笑，其實他應該也很難受的吧？

她扭頭看著他的側臉，沐浴在月光下，很溫暖、很溫柔的側臉。

此時，從窗戶傳來電視節目主持人開始倒數的聲音：「五、四、三、二……」

到「一」的時候，他轉過頭，對她笑：「小綠，生日快樂。」

然後，天上綻放出許許多多的煙花，漂亮得她這一輩子都忘不了。

好像經過這一天，她和謝慕堯的關係更親近了。

謝慕堯也重新送她上學，他的車技大有提高，程綠不用每天早起半個小時，反而還能多睡十分鐘。

謝慕堯先送她去學校，然後才開車去自己的大學。

她有時候會嘰嘰喳喳的和他說起學校誰又出了醜，或者抱怨哪個老師留的作業多了。

多數情況謝慕堯只是笑著聽她說個沒完沒了，偶爾才搭腔說一句。

好像他們的相處模式和之前相比，顛倒了過來。

★　★※★※★※★　★

某天，程綠放學的時候，其他班的一個男生遞了一封信給她。粉紅色的，還帶香味。不方便再打開書包將信放進去，程綠乾脆直接拿著信上了謝慕堯的車。

信封的香味應該是很偽劣的那種香粉染的，沒一會兒謝慕堯的車子裡就充滿了那種味道……

他瞄了一眼她放在腿上的信，挑眉問：「妳買的？」

她搖頭，「男同學送的。」

謝慕堯恍然大悟，就在程綠以為他要皺眉頭、勸她不要在現階段談戀愛時，他反而笑了起來。

「一晃都認識妳一年了，小綠也長大了呢。」

不是程綠期盼的反應。

她有點生氣的說：「這是情書，你知道嗎？」

謝慕堯一邊笑著還一邊點頭說：「我知道啊，有男孩子追求妳了。嗯，眼光還不錯。那妳怎麼想呢？答應他嗎？」

程綠覺得自己是在對牛彈琴，聲音大了點：「我現在還不想談戀愛！」

謝慕堯聽完點點頭，「我明白，馬上要考高中了，目前還是要以學業為重。」

——你明白？你明白個P！

程綠氣得胸悶，抱著手臂看著窗外，不再搭理他。

謝慕堯不解風情，程綠只能自己生悶氣。後來他感覺出來了，還問她是不是有什麼不開心的事，程綠差點被他氣吐血。

——這個榆木疙瘩！

程綠也不知道自己究竟想幹什麼，真的答應了那個同學和他交往。其實國中生談戀愛就是那樣，下課時間說會兒話，放學一起回家什麼的。

程綠跑去跟謝慕堯說，早上不用再送她上學了，她男朋友會來接她，謝慕堯嚇了一大跳。

「妳真的答應他了？」

聽到他質問自己的那一刻，程綠無法形容自己的心情，耳邊傳來撲通撲通的心跳聲，幾乎蓋過所有的聲音。

他介意了嗎？是在吃醋嗎？

可惜，謝慕堯只是像大哥哥一樣，一如往常拍拍她的肩膀，「嗯，女大不中留了啊。」

看上去，笑得很是欣慰。

這是第一次，程綠非常、非常不喜歡他的笑。

那一剎那，她全身都覺得好冷。

或許眼前這個人永遠都不會知道，有一個女孩子喜歡他。

喜歡他很久了。

拒絕謝慕堯接送是程綠做過最錯誤的決定，他的作息時間和她不同，如果不是約好時間見面，平時幾乎連打個照面的機會都沒有。而她，已經十三天沒有看到他了。

新交的「男友」有點碎嘴，不管上下學還是下課時間，都不停的在她耳邊嗡嗡嗡。

程綠明白他是在討自己歡心，可她就是不喜歡。

又一次送她回家，快到家門口的時候，小男生忽然叫了她的名字，程綠回過頭，發現自己的手被他牽住。

「那個，明天我帶早餐給妳吧。」他臉紅，很靦腆，明明心裡緊張得要命，卻還刻意佯作平靜的岔開話題。

程綠想甩開他，她的手不是隨便一個人都能牽的。

但還是不忍心……算了，明天就和他「分手」吧，不喜歡他卻硬拖著，對兩個人都不好。

目送小男生離開，程綠才回神要進門，這時一抬頭，看到旁邊院子裡站著一個人，帶著無框的眼鏡，穿著一身簡單的運動衫，正對著她笑。

程綠的心跳又失序了，他剛剛是不是看到了？看到他們牽手了嗎？會不會覺得她是個不檢點的女孩子？

她尷尬得手心都出了汗，誰知卻聽到他笑道：「很帥嘛，看來你們感情還不錯，等放假了，叫上妳的小男友，我請你們吃飯。」

程緣面無表情，只是沉默的看著他。

有那麼一刻真的很想告訴他，她不喜歡那個男生，她喜歡的是另一個人。

可是，好多話想說，卻有好多話又不能說。

第二天，程緣向小男生提出分手。對方不解，問她為什麼，她只說了對不起三個字。

熟知他們這段關係的朋友見到這些日子兩人不再一起上學、一起聊天，便關心她是不是出了什麼問題。程緣搖頭，說：「你們都誤會了，我們只是朋友。」

朋友也不再問。

自此之後，她每天一個人上學，一個人回家，途經謝慕堯家的院子時，她會忍不住向裡面張望，聽到稍微有動靜傳來，立刻蹲下身，怕被人發現自己是一個偷窺狂。

接下來，月考成績出來了，程緣考得很糟糕，名次一落千丈。老師對她一向抱有很大的信心，這一次也難免失望，還打了電話給程媽媽，囑咐她好好督促女兒唸書。

程媽媽雖然疼程緣，但在學習這一點上和程爸爸的觀念出奇一致，就是希望程緣將來能考到一所好高中，接著考上一所好大學。可這樣的成績，讓她怎麼跟還在國外的程爸爸交代？

當晚，程媽媽決心找出女兒學習成績下滑的原因，然後在她的櫃子下面翻出了日記本。

程緣回到家，看到躺在茶几上的日記本，臉色都白了。

她的心情、她的愛慕，她對那個人的點點滴滴，都寫在這本日記本上了。

「老師說妳在談戀愛，我還不相信……程綠，我和妳爸爸是怎麼跟妳說的？」程媽媽又氣又痛心，「不管妳要什麼、吃什麼，我們爭取都給妳最好的。我們對妳的期望只有一個，就是希望妳能好好唸書！可是我萬萬沒想到妳居然在這個時候談戀愛！妳看看妳的成績，都下滑成什麼樣子了?妳爸在國外拚死拚活不還是為了妳，妳這樣對得起妳爸爸嗎？」

程綠咬著下唇，死死的。唇內被她咬出了血，她還是一個字都不說。

程媽媽看著她這硬脾氣的模樣，越發生氣，語氣也加重了：「妳喜歡他?妳知不知道他大妳幾歲?等妳二十歲的時候，他都快三十了，妳覺得他能等妳嗎?!你們根本就不是同一個時代、同一個世界的人。他知道妳因為暗戀他，所以連唸書、連一家人對妳的期盼都不要了嗎！」

見她還是倔強的不出聲，程媽媽氣壞了，「小小年紀妳知道什麼是愛情?!而且，他喜歡妳嗎？妳才幾歲，他如果真的喜歡妳就是變態！」

「我不許妳這樣說他！」程綠大叫。

程媽媽被嚇了一跳，女兒第一次用這種語氣和自己說話。

程綠看著程媽媽，然後拿起自己的日記本，跑走之前說：「我就是喜歡他，我不在乎他大我幾歲，我也知道什麼是愛情，就算他不喜歡我，我還是喜歡他！」

不知道程媽媽聽完她這番話是什麼表情，一定覺得她很可笑，也很可悲吧？

對一個完全不知道自己被暗戀的男生孤注一擲，飛蛾撲火一樣的傻氣，最後的結果一定也不會太理想。

她真是八字犯賤！

漫無目的的走了一晚，程綠知道媽媽一定氣壞了，於是更不想回家。

她手裡拿著一本日記本，身上沒有錢，簡直比乞丐還要窮。後來忍不住，她還是找路人借了手機，打電話給他，然後坐在馬路邊上，看著街燈照出自己的影子發呆。

不知道過了多久，耳邊響起車門聲，緊跟著是匆匆的腳步聲，最終他站在她的面前。

程綠緩緩的抬起頭看他，看著他一身風塵僕僕，看著他一臉焦急擔憂，看著他連襯衫釦子都沒有扣好……

她眼淚一下子就湧了出來。

——謝慕堯，好想好想和你在一起，可，也只能想想而已了。

謝慕堯沒有數落她，可能是看她哭成這個樣子也於心不忍，他把程綠帶上車，為她繫好安全帶。

看著她嚎啕大哭，他束手無策。

哭聲間歇，他才遞上來一張紙巾，輕輕嘆氣：「妳媽媽在家急死了，怎麼也找不到妳……其實沒考好也情有可原，現在的學生壓力很大，也需要時不時放鬆一下，不要把自己逼得太緊。」

程綠吸了吸鼻子，他明知道她成績下降並不是這個原因。

車裡的兩人沉默著，過了一會兒，謝慕堯似乎斟酌好了用詞，才說：「妳年紀還小，還不知道什麼叫愛情，如果為了這些影響課業的話，妳將來或許會後悔的。妳的身分是學生，目前的確應該以學業為重……」

程綠心裡難受，為什麼每個人都覺得她不懂什麼是愛情，難道就因為年紀小，所以她連喜歡誰都分辨不清嗎？

最可惡的是，他竟然用一種長輩的口吻在教育她！

「我不小了，我已經快要十六歲了！」她執拗，在年紀的問題上異常執拗，尤其面對他的時候。

她的話令謝慕堯一怔，沉默的對視她的眼睛，剛要開口，又聽她說：「你們不要每個人都一副自己是大人，所以很自以為是的樣子來教訓我！我喜歡誰，不喜歡誰，我自己心裡最清楚！」

車裡似乎迴盪著她的聲音，謝慕堯無奈的笑了笑，「他就這麼好，妳就這麼喜歡他，都喜歡到離家出走的地步？」

程綠抿脣，有什麼話欲言又止。

謝慕堯又嘆氣，說：「妳媽媽也是關心妳……」

「她關心的是我的成績。」她冷冷道。

「她是妳媽媽，不能這麼說她。」謝慕堯皺眉，輕聲勸道：「就算妳很喜歡那男生，也不能影響到課業……」

她打斷他，聲音很小很輕：「我們分手了。」

謝慕堯詫異，以為自己聽錯了，「什麼？」

她深呼吸，抬頭，經過淚水清洗過的雙瞳圓亮而澄澈，那裡面倒映著他的臉。

「我和他分手了，我喜歡的不是他，我喜歡你。」

謝慕堯頓時呆住，可能是被嚇的，程綠苦中作樂的想。

須臾，那鏡片後方漂亮的眼睛開始躲避她，程綠已經明白他的答案。

「妳還小，知道什麼是……」

她冷靜的說：「你說來說去就只有這一句話嗎？那我告訴你，我知道喜歡一個人是什麼滋味，我知道我喜歡你。」

謝慕堯語塞。

「你喜歡我嗎，謝慕堯？」

程綠豁出去了，既然已經有了開始，那麼就一定要有個結局，不管結局是好是壞，終究對自己也是一個解脫吧。

暗戀一個人的滋味太難受了，就像打噴嚏，忍住不想打出聲音來，卻會憋得眼淚鼻水直流……

「總有一天，我會長大的，長成你喜歡的樣子，長成可以和你站在一起的女人。謝慕堯，你願意等我嗎？」

謝慕堯沉默了很久，似乎這段時間他都是用來確認她是否認真在說這件事。

終於，他明白她並不是在開玩笑。

「對不起，小綠。妳現在還不成熟，也許妳知道什麼是愛情，卻不清楚這份感情裡面應有的責任。妳或許只是一時迷惑，等將來妳遇到更適合的人，見過更多更優秀的男孩子，就會知道今天的這份感情非常幼稚。到時候，妳的想法和看法也會和今天完全不一樣。」

他很嚴肅的在說這一番話，程綠知道他的確在認真對待她的告白。

只不過答案是拒絕。

「我真的很喜歡你。」她再做最後一搏。

謝慕堯搖搖頭，「小綠，我們並不適合。」

就算之前每天有零點五的機率遇到他，那天之後，在他刻意的躲著自己之後，機率變成了零點零零一。

程綠的課業成績回升到原來的水準，程媽媽和隔壁謝家也斷了聯繫。

有時候，她會看著自家和謝家之間阻隔著的那堵牆發呆。

她最喜歡的男生就在那裡，卻被硬生生的隔開成兩個世界。

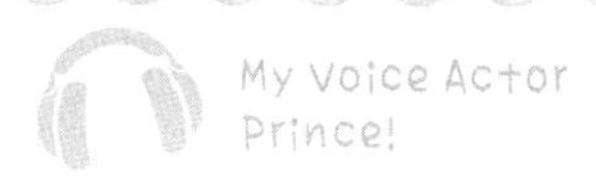

很想喝醉了，藉著酒意對著那邊大喊一聲「謝慕堯我喜歡你！」，可惜她不敢。她怕撕破臉，怕連見面打招呼的資格都失去。

程綠開始沉默了下來，還是獨來獨往。日記依然在寫，卻少了他的名字。

★　★※★※★※★　★

和謝慕堯再見面的時候，程綠恰好參加完最後一場模擬考試。複習和考試花費掉她大部分精力，回家的路上整個人已經無精打采，提不起勁來。

快走到家門口的時候，聽到隔壁傳來說說笑笑的聲音，其中夾雜年輕女生的聲音，很是愉悅。

程綠微微一震，明明該神色自若的走進家門不管那邊，卻還是抬起了頭。

謝慕堯和一個女孩正在院子裡澆花，他在講述這盆花的來歷和收養細節，是曾經為程綠講過的那些。他的聲音極為好聽，尤其低聲和人輕語的時候，就像一絲蜜糖流進心裡。

女生笑得燦爛，燦爛得刺傷了程綠的眼睛。

謝慕堯這時才發現她，臉上的笑容有一瞬間的僵凝，這反應讓程綠想笑，只是嘴角似有千斤重。

「Hi。」他打招呼。

身旁的女孩也注意到她，對謝慕堯說：「好可愛的小妹妹，這就是你之前說的那個鄰居小妹？」

聞言，程綠瞳孔迅速蜷縮了一下。

他對她說起過她？是只用平常口吻轉述了一下隔壁住著一個年紀好小、好可愛的妹妹？還是用開玩笑的口吻說，就是那個小女孩不自量力，竟然喜歡他？

謝慕堯似是有些察覺程綠表情的不自然，剛要說話，卻見程綠忽然揚起脣，笑得像花兒一樣。

「你女朋友很漂亮。」

女孩自是受用，謝慕堯則是沉默。

程綠轉身進了屋，關上門，整個人好似虛脫般靠在門板上。還沒反應過來，眼淚卻已經落了下來，她彎下腰，捂住肚子，好像腸子糾結到了一起，酸液腐蝕心臟，鑽心的疼。

那一剎那覺得自己最可悲，每一個有情人終成眷屬的故事都會代入她和他，幻想每一個我愛你、你也愛我的場景。但事實卻是，她連一秒鐘都沒有擁有過他，連失去，都談不上。

一個月之後，程綠的基測成績出來了，考得還不錯。選學校的時候，她猶豫了一下，最後填了隔壁縣市的知名高中。

程綠想，路上的距離遠了，是不是，心裡的距離也會越來越遠？

暑假期間，程綠跟著程媽媽去旅遊了，順便去舅舅家玩了一個月，總之她回到家的時候，已經要準備開學的事了。

這段日子以來，她沒再跟謝慕堯聯繫過，一開始或許是他躲著她，現在反而倒過來了。

放棄一個喜歡的人，滋味並不好受，有點心灰意冷，有點釋然，又有點小幻想。幻想著就像是小說裡的情節，時隔多日兩人再見面，說不定他就會狠狠的抱住她，告訴她這段時間他終於想明白了，他還是喜歡她的，他不能沒有她……

每每想到這裡，程綠便苦笑，真是瘋了。

要準備住校的時候，程媽媽送程綠上火車。好不容將比自己還沉的行李拉上火車，找到座位後，程綠隔著玻璃窗向程媽媽揮手。

火車啟動的時候，程媽媽哭了，程綠癟癟嘴巴，老人家就是多愁善感。正想著，媽媽買給她的手機收到了第一封簡訊，這個手機號碼她還沒來得及告訴小夥伴們，所以只當是電信公司發來的廣告消息。

她打開一看，螢幕上顯示一組號碼，簡訊的內容只有四個字——

一路順風。

那一組手機號碼她再熟悉不過。

車窗外的景色匆匆掠過，她意識到自己是真的要離開這個地方，甚至有可能再也見不到他了。眼淚啪啪啪的開始往下掉，毫無預警。

——謝慕堯，沒有我纏著你，你一定會輕鬆許多吧。

——還有，你的女朋友真的好漂亮，跟你很配。

——至少，比我要配得上你。

程綠沒有回覆他，而是一邊哭一邊將他的簡訊刪除，收件匣又跟五分鐘之前一樣空空如也。

隔壁坐著一個約五十歲的中年阿姨，看到程綠哭，以為孩子是捨不得家，忙遞上紙巾來安慰她。

「別哭了啊，看得我都心疼了。反正放假還是能回家的，又不是世界末日，再也見不到了。」

程綠沒有擦眼淚，反而越哭越凶。

見不到了，永遠都見不到了。這對她來說，就是世界末日。

最後，她雙手環抱住彎起的腿，額頭抵著膝蓋，乾脆哭個天昏地暗。

就當是……悼念她慘死的初戀吧！

第二章

開學的日子是忙碌的，除了適應新環境、學習更複雜的課業之外，也要與住宿的室友們打好關係。藉由學校的迎新大會，程綠和幾個室友處得還算不錯。

開學後沒多久，程綠跟著幾個室友來到網咖，她很少碰這些東西，通訊軟體帳號註冊了兩年，等級至今才只有九級。

帳號登入進去，上面的好友數量不多，其中最上面的一欄「My Prince」只有一個人。

沒想到他在，程綠愣了一下。她對著那個亮起的帳號頭像發了一會兒呆，然後動手將那一欄編輯成「The Stranger」。

其實是想把他拉入黑名單的。既然想放棄了，就徹底一點，不要給自己留退路。

可惜她終究還是不捨，在這之前她和他在網上聊天的次數太少了，她還是捨不得將那僅剩的記憶都抹去。

第二個月，趁著放假時間比較長，程綠坐了一個多小時的火車回了家。

到家的時候看到大門竟然是鎖著的，程綠沒想到媽媽不在家，她自己也忘了帶家門鑰匙，只好坐在臺階上打電話給媽媽，才知道媽媽去隔壁另一個城市出差，最快也要晚上八、九點才能回來。

程綠覺得自己實在太悲慘了，那種滿心歡喜想要給對方一個驚喜，卻因為客觀因素而被倒了一盆冷水，那感覺真是憋屈。

於是，她一個人坐在家門口，旁邊放著一個行李箱，跟流浪兒一樣可憐。

過了一會兒，一輛車子從門前駛過，停了下來。

程綠忙著自憐自哀，根本沒有理會。不過從車上下來的那人，卻徑直走到她面前，蹲了下來。

程綠十分緩慢的抬起頭，謝慕堯那張很英俊的臉像是慢鏡頭一樣在眼前擴大。

她沒有反應，只是呆呆的看著他，或許是不知道這個時候自己還能做出什麼樣的反應。

時隔小半年，已經有差不多六個月沒有看到他了，這一刻毫無徵兆的見了面，她才知道自己其實根本沒有忘記過這個人。

他的鼻子、眼睛、嘴巴，還是記憶當中的模樣……不，是更帥氣了。

謝慕堯沒有說話，只是溫柔的回望。

這麼久沒有聯繫過了，可能大家都忘記了該怎麼打招呼，想說句「Hi」，都覺得很尷尬。

沉默間，從副駕駛座走下來一個人。

聽到高跟鞋的聲音，程綠才回過頭看過去，是她曾經見過一面的那個女生，長髮，穿著白色連衣裙，如仙女一般的美麗氣質。

和他很登對。

剎那間，好像重新復活起來的心又死了一輪，不過至今，她卻可以很冷靜的面對他和他的她了。

真是奇蹟。

那女生的出現似乎打破了詭異的氣氛，謝慕堯問：「怎麼不進去？程阿姨不在家？」

程綠不想說話，可還是點點頭。

他皺眉問：「程阿姨什麼時候回來？」

「過一會兒就回來了。」

他眼神沉了沉，說：「去我家等吧，我做奶昔給妳吃。」

她搖搖頭，「我媽很快就回來了，我想在這等她。」

謝慕堯還想說什麼，程綠忽然笑著說：「好啦，快去陪女朋友吧，我媽就快回來了。」

謝慕堯顯然不想放棄，但程綠更是堅持。片刻後，他起身，嘆了口氣，帶著女朋友進了家門。

程綠目送他進了門，臉上的笑容才一寸一寸的龜裂。

——都到了帶到家見父母的階段了啊，看來應該是定下來了……

她抱住雙膝，下巴墊在膝蓋上，腦海裡不受控制的想像著他們兩個人在屋子裡在做什麼，他吻她了沒有？還是更進一步了？

越想，就越覺得好像有什麼扼住了自己的心，掐拽揪捏，呼吸困難。

時間來到三點半。然後到了四點。

到四點十分的時候，隔壁的鐵門打開了，一陣腳步聲，隨後他坐在她身邊。

程綠沒抬頭，保持之前抱住自己的姿勢看著前方，旁邊傳來輕輕的嘆息聲，一直沒有說話。

他也一直這樣坐在臺階上，不發一語。

程綠撇撇嘴巴，心中吶喊：別要我了大哥，快去陪你女朋友好不好？我一個人在這裡挺清靜的，特別好，真的。你快走吧！

後來程媽媽回來的時候，見到自家門前坐著的兩人，也愣了。

程綠拉著行李，向謝慕堯打聲招呼就進屋去了。而謝慕堯在原地又坐了一會兒，才走。

程媽媽有兩個月沒看到女兒了，見程綠似乎真的放下謝慕堯了，她回來這幾天都沒提這件事。

直到程綠回學校那天，上車前程媽媽才旁敲側擊的說：「妳上高中了，是大孩子了，知道什麼重要，什麼不重要。好好唸書，有什麼事等妳上了大學再說。」

程綠當作聽不懂，點頭。

★　★※★※★※★　★

程綠回到學校後，忽然想買電腦。這樣無聊的時候還可以上上網，又可以查資料，就用不著天天往網咖跑。她告訴程媽媽後，程媽媽不同意，怕女兒光顧著玩電腦耽誤了課業，說等她考完試再說。

程綠覺得求人不如求己，她是真的想買，於是開始努力存錢。怕自己亂花錢，她決定每月拿到零用錢後就存下來百分之八十，剩下的百分之二十留著花用。

月底的時候，距離下次「發工資」還有一週，可她口袋裡卻只剩下五十元了。

室友都說就算存錢也別太虧待自己，可程綠是屬於那種死心眼的人，想做什麼，一定要爭取在最短的時間內完成心願。

小夥伴們提議借錢給她，程綠拒絕了，因為借了早晚還是要還，不如不借。

週末室友出去上網，程綠的零用錢所剩無幾，午飯都沒法吃，她怕自己會餓，於是躺在床上睡午覺。睡著睡著，手機響了，她迷迷糊糊的接了起來：「喂？」

另一端很長時間沒有聲音，只有風聲。

程綠不知道為什麼，一下子就醒了，睜開眼睛，將手機螢幕放在眼前。

看到顯示的那一組號碼，她咬了咬嘴巴。

「小綠，我來妳學校這邊辦點事，正好一起吃個飯？」

她本想說NO的。有必要見面嗎？就算住在隔壁都不怎麼聊天了，何必來這邊一趟還要特意一起吃個飯呢？

不過這時候，程綠肚子餓得咕嚕咕嚕的響。她突然想起來小說裡男主角說的一句話「我屈從於現實的溫暖」，那她現在是「屈服於現實的餓肚子」。

「好，你現在在哪？」

程綠沒想到謝慕堯這麼快就來了，她趕緊換好衣服下了樓。剛才她在換衣服時挑了好幾件，挨件的試，後來覺得自己真是有夠無聊，就隨便找了一件T恤套上，下了樓。

——反正又不是約會！

謝慕堯遠遠的看到她出現，臉上出現一抹笑意，等她走近了，他卻變得嚴肅起來。

程綠當然感覺到了，心想：既然見到我不開心，又何必打電話叫我出來吃飯呢？

上了車，他問她去哪吃，程綠想了一下周圍哪家餐館又便宜又好吃，於是報上地址。

在這期間，誰都沒有主動交談。

很快的，車開到了那家小餐館。老闆和程綠認識，熱情極了，一看到她身邊的謝慕堯，立刻就說：「哥哥來看妳啦！」

程綠假笑了一下，說：「是啊。」

謝慕堯沉默。

程綠沒客氣，點了五道菜，反正她是抱著吃了這頓沒下頓的心態，如果吃剩下的話還可以打包，這樣晚餐就有著落了。

謝慕堯沒阻止她，甚至還問她夠不夠。菜上桌後，他還一個勁的夾菜放進她碗裡，說：「妳太瘦了，是不是學校餐廳的伙食不好？」

程綠根本沒時間理他，她快餓死了啊！

原本以為兩人再見面會很尷尬，可沒想到這一餓果然智商都不夠用了，她根本沒那個閒情逸致跟他矯情。

程綠覺得自己吃多了，一頓風捲殘雲之後，才後知後覺的看到謝慕堯的臉色，心想不會把他嚇著了吧？

回去的車上，實在太沉默了，程綠想到人家大老遠過來請客，她就算不盡地主之誼，也不能冷落他不是？斟酌了好久，她終於開了口，卻獨獨挑了一個最糟糕的話題——

「你女朋友怎麼沒跟你一起來？」

問完，她就後悔了。

謝慕堯不知有沒有聽到，過了一會兒，才悻悻然的轉過頭來看她，眼神讓她看不懂。

他問：「妳怎麼回事？在減肥？」

程綠納悶，片刻醒悟過來，搖頭，「沒啊。」

「那怎麼這麼瘦？上次見妳還不是這樣。」

程綠不自然的搔搔自己的一頭短髮，說自己為了買電腦省錢，是不是有點太寒酸了？索性，也不回答他。

車子堵在半路上，這個時間回學校的學生太多了，都是家長送孩子的車。

謝慕堯很快就察覺到身邊的人不對勁了，轉過頭看到程綠臉色發白，額頭上冒著冷汗。

「怎麼了？」

她捂著肚子，「胃、胃有點疼。」

謝慕堯也被她嚇到了，認識她這麼久，她永遠都是生龍活虎的，從沒見過她這個樣子。似乎真的疼得難受了……他想不也不想，方向盤一轉，就往市區醫院的方向開。

直到停在醫院的停車場，程綠才意識到他們在哪，謝慕堯催促她下車，程綠死死的抓住安全帶，堅持道：「我不要去醫院。」

急診加上吊點滴，再慘一點可能要住院，那得花多少錢啊？別說存電腦錢了，口袋裡僅存的錢都

無法讓她吃到下一餐了！所以她才不去，死也不去！

謝慕堯有點急了，「妳想疼死是不是？」

「只是胃疼，吃多了而已，唔……」還沒說完，她捂著胃蜷起身子，冷汗一滴一滴的往下掉。

謝慕堯見她這樣子，不管三七二十一，打開副駕駛座的車門，攔腰一抱將她整個人從車內抱了出來。程綠拉住他的衣領要抗議，卻看到他緊鎖的眉頭和緊繃的下巴，乖乖將話嚥了回去。

醫生為她做了檢查，事實證明只是簡單的胃痛，這幾天她飲食不規律，今天一下子吃太多，才引起胃痙攣。

醫生開了點藥，在她強烈要求下沒有吊點滴。因為未達住院的標準，加上程綠心疼錢，謝慕堯就沒替她辦住院手續。

回到車上，謝慕堯渾身散發著「我很不爽，別來惹我」的氣場，程綠還有點不舒服，乾脆不再開口了。而且那些什麼有關他女朋友的話題，她也不想再提了。

謝慕堯沒開車回到程綠的學校，而是將車停在一家旅館前面。

她驚了驚。

辦理入住的時候，謝慕堯全程都不發一言。程綠原本那點倔脾氣，在謝慕堯難得的冷臉下也發作不起來了，果然她是欺軟怕硬的爛性格嗎？

一進房間，謝慕堯就直奔浴室而去，過了一會兒才從浴室裡出來，外套也脫掉了，襯衫袖口捲在了肘部，手上濕淋淋的，臉上也有汗。

「去泡泡澡，會舒緩胃痛。」

程綠坐在床上呆呆的看著他，腦海裡只有一個想法：他們……開房了？

幸好浴室的封閉性很好，不像是汽車旅館那種磨砂玻璃，看著很容易引人遐想。

程綠的書包就放在床上，謝慕堯遲疑了一下，從裡面翻出她的卡通錢包。

這是她身上唯一一個粉紅色的物品，她向來不是那種嬌滴滴的小女生，書包、筆袋什麼的，風格又老成又古板。這個錢包還是上上次她生日時，他送給她的，她收到的時候開心極了，他以為她是真的喜歡，後來才知道這風格一直都是她唾棄的，但因為是他送的，就連用舊了都一直沒換過。

他拿著錢包愣了好一會兒，才慢慢打開，裡面除了她的身分證和學生證，以及一張銀行金融卡之外，只有三個十元硬幣。

謝慕堯深吸一口氣，才把胸口翻湧著的怒氣壓了下去。

知道她快出來了，他迅速把錢包塞回她的書包裡，裝作什麼都沒發生的樣子。

程綠泡完澡，吃過藥之後，胃總算不那麼痛了。

謝慕堯一直冷著臉，問她怎麼回事，怎麼會不吃飯。她知道瞞不過去了，就說自己想買臺電腦，為了省錢就偶爾少吃一頓什麼的。

謝慕堯忍不住了，爆發了，站在床邊、她的面前，大聲數落了她好一會兒。

程綠一直低著頭，被罵了卻沒有絲毫的不舒服，反而心裡有點開心。

他還是關心她的，那麼，關心的下一步是不是就是喜歡了？

等他說累了，抑或是沒得說了，才停了下來。

程綠也不知道自己怎麼了，可能生病了就容易腦袋短路，抬起頭看著他，突兀的問：「謝慕堯，你女朋友如果知道你現在和我在旅館裡，會不會誤會？」

他怔住。

程綠想笑，她喜歡看他吃癟的樣子。

剛剛數落她的勁頭呢？再拿出來啊！哈哈！

須臾，他說：「妳還小，她不會誤會的。」

一下子，她的笑容就僵在臉上。

一語雙關呢大神，一邊說著他們不可能，一邊告訴她，那位真的是他的女朋友。

嗯，語文學得真好。

程綠不搭理他了，轉身掀開被子躺在床上，蜷縮成一團，胃又開始一抽一抽的疼了，連帶胸口的那個位置都不好受了。

什麼時候科學能夠發達到吃一片藥，就可以忘了所有的苦，所有的痛呢？

不知什麼時候程綠昏昏沉沉的睡了過去，謝慕堯在椅子上坐了一夜。

第二天見她沒什麼事了，他開車送她回學校。

下車時，她沒跟他說再見，她覺得那是沒意義的話。

想見才會再見，他或許都不想見她了，何必呢?或許在他的眼中，她始終都是那個黏人的、甩都甩不掉的小尾巴。

程綠先回到宿舍整理東西，把錢包拿出來的時候發現厚了不少。她皺著眉打開，看到裡面塞著一沓厚厚的百元大鈔，差不多有兩千塊。

她愣住，然後，忍了一晚上的眼淚終於開始往外冒，跟不要錢似的。

喜歡上他之後，好像智商、情商都退步了，唯有淚腺，發達得不得了。

★　★※★※★※★　★

高二的時候分了班，程綠覺得自己越來越矯情，分在文組最適合不過，多背點詩詞歌賦的，將來傷春悲秋的時候還能冷不丁用文言文發表一下感慨。

再後來，程綠在學校見到了一個人——她那早就忘到脖子後面去的初戀。

原來初戀考高中時沒考好，託了點關係，休學一年，又參加了一次考試，沒想到來年倒成了她的學弟。

可能因為同一座城市出來的，又是同一所國中的校友，兩人的關係走得又近了一些。

啊對了，這期間程綠終於存到錢買了一臺配備中等的電腦。她對電子3C產品不是很在行，買電腦的時候還是拉著初戀去的。電腦外型是她選的，型號和牌子是初戀挑的。

程媽媽不愧是過來人，料事如神，買了電腦後的第一個月，程綠月考下滑了十個名次。

週末回家之前，老師打了電話過來告狀，不出預料，程綠又被程媽媽罵個狗血噴頭。

從火車站回來，還沒來得及進家門，程媽媽在院子裡就開罵了。一觸碰到唸書這個話題，程媽媽就變後媽一樣嚴厲了，囧。

「老師說妳在學校談戀愛了？竟然還找個比妳小的做男朋友，妳怎麼就這麼不讓我放心呢？我當初怎麼跟妳說的？這種事到了大學再說，妳樂意找誰談就找誰談，我不干涉妳，可現在妳才多大？情啊愛啊是妳這個學生該做的事嗎！Balabala……」

程綠低著頭，程媽媽罵得差不多了，提著她裝著換洗衣服的行李就進屋了。

她鬆口氣，一抬頭，卻覺得好像有誰在看著她，轉過頭，看到院子裡站著的謝慕堯，面無表情……不，是皺著眉頭看著她呢。

她扯了下嘴，算是打招呼。

謝慕堯沒有回應，等她覺得是自己自找沒趣，剛要踏進家門的時候，突然聽到他開口：「妳媽媽說得對，該唸書的時候就要好好唸書。而且對方還比妳小，只會把你們兩個人都耽誤了。」

她不悅，最討厭他以一副長輩的口吻教訓她。

「他不小，只是多讀了一年而已。」

他沒說話，眼神變得有點深。

程綠咬唇，覺得自己解釋得真沒意思，她又不是他的誰。

回到學校，程綠把這事對初戀說了，初戀聽完笑了：「天啊，緋聞都傳到妳媽媽那裡去了，看來我的晚節要不保。」

程綠翻了下白眼，「怕不保就離你學姐我遠點。」

初戀撒嬌道：「別啊，我還要靠學姐幫我收集情報呢！」

因為初戀正在追她的室友。

高二期末考，程綠的成績又回升了，仍舊在前十名，雖然不算頂尖，但也稱不上吊車尾那一列。

考完試回家，車票是初戀幫忙買的，兩人一起坐火車，最後初戀還很紳士的把她送回家了。

初戀在兩年間已經長成了大男孩，身高一八二，遠遠看上去挺醒目的。

送她到家門口，把行李交還給她，初戀說：「過幾天我們班要辦個國中同學會，妳去不去？」

程綠搖頭，「不去，又不是我們班辦。」

「妳就跟我去唄，就當家屬去。」

初戀和她室友處得不錯，程綠多多少少可以算是女方家屬。

她癟嘴：「你自己去吧，我都不認識就不湊熱鬧了。掰掰。」

看她開始轟自己了，初戀碰了一鼻子灰，走了。

程綠暗笑，拉著行李轉身，瞬間就對上謝慕堯的眼睛。

他今天沒戴眼鏡，顯得眼睛狹長又漂亮。

程綠覺得自己的心似乎輕輕震動了一下，但很快就恢復了平靜。

其實這兩年獨立的高中生活，她也有了很多變化，頭髮變得更短，身高拉長了不少，年紀大了些知道愛美了，也懂得穿衣打扮。可不管什麼時候見到謝慕堯，她仍舊覺得自己和他無論在品味上還是閱歷上，都相差得太多。

之前不知從誰那裡聽說，謝慕堯在電視臺上班了，而且很受高層重用。

其實這都是意料之中的，他很優秀，這點她無論如何都不會否認。所以，也挺為他開心的。

雖然她覺得兩人之間的距離又遠了許多。

晚上，程綠用手機發了一封簡訊給謝慕堯，然後跟媽媽說出去找朋友玩，便跑出來等在院子外。

怕程媽媽在窗外看到自己，於是程綠躲在不遠處的大樹後面。

很快，謝慕堯出來了，他穿著乾淨簡潔的家居服，看著他茫然的找了自己一會兒，直到鎖定她的身影，朝著自己一步步走來，如此堅定的。

忽然間，文藝青年風範就毫無預兆的襲來了，她想起了在書上曾看到的一句話——

「我相信有人正在慢慢的艱難的愛上我，別的人不會，除非是你。」

可是她已然有些不確定，那個人，會是他嗎？

不會吧……

等謝慕堯走近，程綠從樹後跳了出來。

「Hi。」她主動打招呼。

他沉默了一秒，也說：「Hi。」

「我是來還給你這個的。」她從身後拿出一個信封，厚厚的。

他接過，打開，看到裡面嶄新的二十張百元大鈔，脣角一抿。

似乎，有點不高興？她笑著說：「謝謝你的錢，一直想還給你，就是沒機會。」

他說：「不用這麼急，妳可以先拿去用。」

她忙擺手，「真不用了，當初是想買電腦的。現在電腦也買了，我媽給的零用錢還多了不少，夠用了。」

他沉默著，程綠覺得這種氣氛太壓抑。曾經他絮絮叨叨，到她絮絮叨叨，兩人之間就算沒什麼話題聊，卻也能天南地北的亂侃一通，從不冷場，哪裡會像現在這樣。

程綠剛要告辭，就聽他問：「下午送妳回來的男孩，是之前送情書給妳的那個？」

她愣一下，點頭。

「你們在一起了？」他問完，似乎覺得這話不妥當，又笑了一下，說：「挺好的。」

程綠不知道這話該怎麼接，看到她談戀愛，他估計是最開心的吧？畢竟知道沒有黃毛丫頭纏著自己做那種不切實際的幻想了，應該會鬆口氣的吧。

她沒回答，沉默一會兒，也問：「你和女朋友也處得不錯吧？」

他抬頭看她，眼神深沉難測，最後說了句：「挺好的。」

她有點難受，所以在表現出來之前和他道別。

「那就好。之前我還小，那些事你別放在心上。現在我才知道你說的都對，我也長大了，才知道之前多幼稚，幸好沒阻礙到你找真愛，呵呵。」她乾笑兩聲，撐不下去了，「我先回去了，晚安。」

她要走，他忽然拉住她。

程綠不解，回頭，看他始終垂著眼睛。

「還能跟以前一樣做朋友嗎？」

她臉色應該也變得不好看了。做朋友嗎？可她想做的並不止是朋友怎麼辦？

她笑著搖頭，「當然不行啊！」

他攥著她手腕的手僵了一下，聽她輕鬆的語氣道：「我認你當哥哥好了，有你這麼厲害又有錢的哥哥，我不吃虧，呵呵。」

僵持了一會兒，他笑了，然後鬆開她。

程綠回到家，程媽媽正在切水果吃。她跑過去抱住程媽媽，程媽媽被嚇了一跳。

「媽，我好愛妳好愛妳！」

程媽媽只當她又發神經，「好好好，妳愛我。又想要什麼了？對課業沒好處的我可不買給妳。」

程綠在程媽媽背後笑出眼淚。

——真的很愛妳啊媽媽，因為以後能愛的人就只有妳了。

——我要把那個人從心裡割掉，割得一丁點兒也不剩。

★ ★※★※★※★ ★

因為馬上要升高三了，暑假的時候程媽媽替程綠報了補習班，所以就算是大熱的天，程綠也要出門坐車去上課。有幾次撞見謝慕堯，他問她去哪，程綠就實話實說，說要去上課。

有一天，程綠覺得身體有點不舒服，可能是中暑了，但是補習班又不能請假，就強忍著出了門。

程綠剛出院子大門，就看到謝慕堯的車停在她家門口。

平時謝慕堯在家的話，車子都是開進他家院子裡，就算暫時停一下車，也不會占到她家門前的路上。她愣了愣，抿抿脣，沒說什麼，剛要走的時候就聽到車門打開，謝慕堯從車上下來了。

「我送妳去上課吧？」

程綠沒馬上回答他，腦袋有點暈，所以消化了好一會兒才明白他的話。

他等在這裡，就是為了送她上課嗎？

不太想和他有什麼牽連，但今天實在是太難受了，她點點頭，打開他車的後座坐了上去。

這還是程綠第一次坐在後面，謝慕堯從後視鏡看了她一眼，欲言又止，還是什麼都沒說。

一路上程綠昏昏欲睡，有幾次差點忍不住就要吐到他的車上，謝慕堯不知有沒有發現，總之車子一直都開得很慢。

在某個路口，車子停下來等紅燈，程綠噌的一下毫無預警的開門下車，嚇了謝慕堯一跳。

他也不管綠燈亮沒亮，也跟著打開車門，就看到程綠蹲在馬路邊的樹根處哇哇的吐。

她這個樣子去不了補習班了，謝慕堯也沒徵求她的意見，直接把車開回家。他攙扶著她上了樓，把空調調節到舒適的溫度，又去廚房煮水給她喝。

程綠迷迷糊糊的，但目光一直繞著他的背影打轉，忽然想起去年好像也是這樣，他在旅館裡忙前忙後的照料自己。

怎麼辦呢？她對自己太失望了，嘴上說要忘了他，可眼裡心裡都是他。就算只是看他一眼，都會很開心……

很快，謝慕堯端著煮好的水走了進來，要她喝。

程綠乖乖的喝了大半杯，謝慕堯剛要把杯子拿走，忽然感覺到自己被拉住，還沒反應過來，就被程綠從背後抱住了腰，她整個人貼合在他的背部。

「謝慕堯，你陪我一會兒好不好？」她很虛弱，聲音小的如蚊子。

謝慕堯舔了舔乾澀的唇，猶豫了一會兒，點頭。

她鬆了口氣。

謝慕堯躺在床的外側，有點拘謹。程綠蓋著薄被，兩個人始終很有原則的盤踞在單人床的兩側，誰也沒有說話。

她睜著眼睛，回憶起上一次這麼近距離的看著他，似乎已經是很久遠的事了。

他的眉毛很漂亮，一點都不張揚倨傲；他的鼻子很挺，絕對可以算是整型醫院裡的成功案例；唇嘛，形狀漂亮，唇色也不深，總之讓人很想親一親。至於眼睛……

程綠想也不想，忽然伸手摘掉他的眼鏡。

與此同時，謝慕堯立刻僵硬了一下，不明所以的看向她。

但因為沒了眼鏡，他這個大近視只能模模糊糊的看到她似乎在對自己笑。

程綠的確在笑。他看不清楚的話，自己就可以肆無忌憚的把喜歡流露在眼睛裡，不用再小心翼翼的遮掩，不用再口是心非的隱藏。

「謝慕堯，我們來聊天吧。」她一手支著頭，側起身子，問他：「你喜歡什麼樣的女孩子？」

謝慕堯沒說話。

她想了想，說：「我來問好了。你喜歡長髮的還是短髮的？」

他沉默了幾秒鐘，說：「長髮。」

啊，第一條她就不合格了，糟糕。

「喜歡溫柔的，還是像男孩子一樣直率的？」

「溫柔的吧。」他似乎嘆了一口氣。

程綠癟嘴，她又完蛋了。

「那……類型呢？成熟的，還是鄰家妹妹型？」

他沉默的時間更長，然後說：「成熟一點的。」

好吧，她Game Over了。

程綠轉過身仰躺在床上，目光停留在天花板上，「你怎麼不問問我喜歡什麼樣的男孩子呢？」

他沒接口，她只能繼續說：「我也喜歡溫柔的，然後呢，穿衣打扮必須乾乾淨淨的，對我要很寵很疼，必須是疼得很沒原則的那種。而且還要很會唸書，這樣將來我們結婚了，孩子的課業就可以讓他來管了。啊，對了，最好還會拉小提琴，藝多不壓身，嘿嘿。」

說著說著，她眼睛有點酸，「謝慕堯，如果我再大三歲、或者五歲，你是不是就會接受我了？」

他又安靜了很久，才說：「別胡思亂想了。」

喜歡他，就是胡思亂想嗎？

她苦笑一下：「現實中不可能，還不能讓我做一下夢嗎？你也太霸道點了吧，謝先生！」

謝慕堯轉過頭看她。察覺到他的目光，程綠也回望，但眼睛實在太脹了，眼淚都快要流出來了，所以根本看不出他的眼神。

她「哎呀」一聲，伸出有點冰涼的手蓋住他的眼睛，「看得我都不好意思了。」然後偷偷擦了擦眼淚。

謝慕堯沒有拿開她的手，又聽她帶著鼻音的聲音說：「其實我也覺得咱們倆不適合，你太呆板了，年紀又大，說句不好聽的就是老成又沒意思。你說我是不是腦子有洞，才會喜歡你這麼多年啊？」

房間裡寂靜極了，她幾乎以為房間裡只有自己一個人。

「不過現在看到你有女朋友了，我竟然覺得挺欣慰的。我媽說得對，我們成長的年代不一樣，價值觀、愛情觀可能都有偏差，我也總不能讓你等我好幾年。幸好你不喜歡我，否則耽誤你許多年，我就真的要愧疚死了。」

「你現在是我的哥哥了，等你結婚的時候一定要請我去啊！就算沒錢給你包個大紅包，至少也讓我去沾沾新娘子的喜氣，將來說不定也能和新娘子一樣嫁一個像你這麼好的人。」

「對了，你之前說要教我拉小提琴，還算不算數？等我高中畢業了就來跟你學，將來我看上哪個男生，就在他們家樓下拉梁祝，感動死他！」

她說完，仍舊意料之中沒有得到他的回應。

程緣不覺得難受，可能是因為已經疼得麻木了。她收回手，轉過身背對著他躺著，然後把被子裹在身上，打了個哈欠道：「哎呀，不說了，睏死我了。你自己走吧，我就不起來送你了。」

說完，她就睡了。

謝慕堯起身的時候她是知道的，他的一舉一動，她都從他發出細小的聲音中幻想出他當時的舉動。

等臥室的房門被輕輕帶上，她才慢慢睜開眼睛。總說忘了，可又真的忘不了。看到他開心就覺得不公平，自己那麼喜歡他，他怎麼能當作什麼都不知道呢？她寧願他再壞一點，別對她這麼好。

可是，又捨不得他不幸福。

所以剛剛說看到他有喜歡的女孩子很高興，那是真的。

★　★※★※★※★　★

高三的生活簡直不是人過的，程綠每天早上五點多起來，吃早飯、上早自習，趕試卷、背單字，晚上結束晚自習也都八、九點鐘了。週末難得有喘息的時間，可時間總是過得太快。

算一算，她都兩個月沒有回家了。這段時間總惦記著課業上的事，好像連謝慕堯是誰都忘記了，想他的時間也越來越少，程綠覺得這是個好現象。如果能一直這麼堅持下去，可能就真的能結束這段單戀了。

但現實生活中又怎麼可能事事這麼如意呢？

週五考完大考，週六難得能睡個懶覺，程綠卻被一通電話吵醒了。

看到來電顯示，瞌睡蟲跑光光，她拿著手機跟拿著燙手山芋似的，不知道該不該接。

最後，還是接了。

「我在你們學校門口，妳媽媽讓我送點東西過來給妳。」

程媽媽在考驗觀察了女兒兩年之後，確定程綠對謝慕堯沒有什麼留戀，於是重新和謝家開始走動起來。有時候打電話回家，程綠偶爾還會聽到程媽媽提到隔壁如何如何了。

程綠走到學校門口，遠遠的就看到謝慕堯站在車旁，難得一身西裝革履，整個人給她的感覺又不一樣了。

看到她，他笑著揮揮手。

程綠深呼吸，跑了過去，「謝大哥，真是麻煩你了，大老遠還跑過來。」

之前她一直稱呼他的名字，所以聽到這聲大哥，謝慕堯明顯的愣了一下，然後笑道：「反正來這邊出差，順路而已。對了，東西還在車上，我們先去吃飯，一會兒再幫妳拿上樓？」

「你不趕回去嗎？」

「不急，飯還是要吃的。」

看她猶疑不定，他笑著說：「哥哥請吃飯都不答應了，架子也太大了吧？」

她抬頭看他。是啊，哥哥請吃飯而已。

「走吧，今天要好好宰你一頓！」

吃飯過程中，謝慕堯問了一下她最近功課怎麼樣，程綠也是憋太久了，開始把這小半年學習的辛酸史說了一遍，滔滔不絕的。

謝慕堯沒吃多少，一邊聽一邊笑。

後來程綠也好奇他的工作怎麼樣了，之前因為太想忘掉這個人就刻意不去打聽他的消息，現在聽謝慕堯說起，才覺得這兩、三年他的變化也不小。

兩個人用新的身分坐在一起，連交談都順暢多了，程綠越來越覺得自己的決定是對的，當不了女朋友，那就做妹妹唄。反正她現在還小，怎麼任性都可以，不是嗎？

晚上，謝慕堯帶著程綠散心回來，把東西拎到了宿舍樓下面。中途還碰到從學校餐廳吃飯回來的室友，看到謝慕堯，一雙眼珠子都要掉下來，恨不得黏在謝慕堯身上。

她們跑過來，曖昧的問：「程綠，這是誰啊？」

程綠看了一眼還算自在的謝慕堯，說：「我哥，帥吧？」

沒看謝慕堯的表情，她反倒看到兩個室友點頭如搗蒜似的說：「帥帥，太帥了！」

——真是沒見過世面，切～

後來謝慕堯一來這邊出差，就順便帶著程綠去市中心吃大餐、逛街，偶爾會買點小蛋糕什麼的讓她帶回宿舍，分給室友一起吃。

每次週末謝慕堯一來，室友晚上都特意留點肚子，因為她們知道程綠回來的時候肯定會帶好吃的給她們。

不過，程綠覺得挺奇怪的，雖然隔壁兩個市相隔並不遠，但三天兩頭的往這邊跑，而且時間都在週末，謝慕堯這個工作是不是太辛苦了？

但是謝慕堯說跑新聞的都這樣，她也就沒那麼大驚小怪的了。

再後來，程綠的功課多了，要唸的要考的也越來越繁重，連出去吃飯的時間都沒有了。

謝慕堯來這邊的機會也好像少了很多，之後乾脆偶爾和她在通訊軟體上聊一聊，或者發封簡訊，不頻繁，大概一週聊個一、兩回。

通常聊天的內容就是問她書讀得怎樣、累不累什麼的，程綠的回答都差不多，說不累。就算說累，他也沒辦法幫她分擔什麼，反而還讓他不放心，所以她總是故作輕鬆的回答他。考學測之前，程綠的手機關機了，也不再上網。總之，她斷了和外界一切的聯繫。程媽媽支持她。用程媽媽的話說，就剩這最後的衝刺了，一定要堅持住。

考試那天，程綠覺得自己發揮得還算不錯，至少想上的學校應該是沒問題。小夥伴們也說考得不錯，起碼是自己的真實水準，還商量著要不要申請同一間大學，再做室友。

考完後隔幾天，全班同學舉辦個同樂會兼謝師宴，大夥熱鬧輕鬆一下。當天，程綠喝了點酒，這是她第一次喝酒，她都不知道自己喝多了竟然會變成話嘮，抱著室友哭個沒完，那種分別的滋味太難受了。

因為她喝得最多，同學有的也自顧不暇，室友根本扛不動她，乾脆打電話給初戀求救。

程綠的手機一直處於關機狀態，室友開了機，看到一封封簡訊蹦出來，也顧不上，先打電話給初戀。很快，初戀就趕過來了，幾個人把程綠駕到計程車上。

程綠一直說「我沒醉，清醒著呢！」，後來睜開眼睛看到初戀就啪啪啪的掉眼淚，其中一個室友和初戀是男女朋友，也知道程綠和他的過去，打趣是不是初戀傷程綠心了，初戀哭笑不得。

室友坐在前座拿著程綠的手機，忽然聽到手機響了，一看，是程綠的「哥哥」打來的，她接起來就說：「程哥哥啊，程綠現在不舒服，接不了電話。」

謝慕堯語氣有點急：「怎麼了？病了？」

「呃……不是，是我們班剛才在吃謝師宴，喝多了……」

謝慕堯還沒說什麼，程綠這邊耍酒瘋了，揪著後排唯一男性——初戀的領子，罵：「你這個臭男人，我這麼好的女孩你都不珍惜，你是瞎了嗎？我喜歡你知不知道，你要敢說不知道我立刻把你揍得你娘都不認識你……」

她還說了一些胡話，初戀知道她醉了，只能順著她說：「知道知道，我也喜歡妳行了吧。咱們先回宿舍，乖啊……」

室友搖搖頭，平時見程綠還挺冷靜的，沒想到也會有這一面。她忽然想起自己還打著電話，就對謝慕堯道歉：「對不起啊，程哥哥，你找程綠有事嗎？要不等她醒了，我叫她打電話給你？」

謝慕堯那邊的安靜，和這邊形成了鮮明的對比。

過了一會兒，謝慕堯說：「不用了，我沒事。你們……好好照顧她。」說完，就掛掉電話了。

第二天程綠醒過來，對前一晚發生了什麼全然不記得，只知道腦袋太疼了，跟被誰用槌子搥了一頓似的。後來室友說謝慕堯打過電話來，她皺眉，拿起手機一看，果然有一通電話是他打來的。然後，她還看到了好多未讀簡訊，發訊人統統都是他。

一開始只是噓寒問暖，囑咐她好好吃飯，後來可能是看她一直沒回，有點擔心，就問她怎麼回事，是不是手機壞了，等有時間打電話給他什麼的。

這樣的簡訊發了兩天，他似乎從程媽媽那裡知道她為了準備考試，所以切斷和外界的一切聯繫，語氣不再那麼焦急，反而祝福她，讓她安心考試，考完回家，請她吃大餐。

程綠看著簡訊就笑了，忽然想起「小別勝新婚」這個詞，雖然不適合用在他們身上，但知道被他惦記著，她就開心得不得了，比考試拿了滿分還要樂。

一下子，似乎連要分別的傷感都被沖散了。

程綠收拾好行李，回家了。

程媽媽還沒下班，程綠已經坐不住了，天氣實在太熱，她把有汗味的衣服換掉、洗了個澡，就跑去隔壁敲門了。可來開門的不是謝慕堯，是謝母。

見到程綠，謝母詫異道：「小綠回來啦，考完試了？」

「嗯，考完了。」她往屋子裡探頭探腦，問：「阿姨，謝、謝哥哥在嗎？」

謝母說：「哦，他去約會啦，晚上才會回來。」

「約會？」她呼吸一緊。

「是啊，妳謝哥哥也老大不小了，該交女朋友了。妳和妳謝哥哥關係好，回頭也幫我說說他，成天惦記著工作有什麼用，先成家後立業，我還等著抱孫子呢。」

謝母一手把謝慕堯拉扯大，自己的終身大事也沒顧上，眼下謝慕堯事業有成，她想著趁年輕幫忙帶帶孫子，也沒什麼不對。

可她就是……聽著不舒服。

程綠扯扯脣乾笑了一下：「阿姨，謝哥哥不在，我就先回去了，有空我再來陪您說話。」

回到家，程綠掰開手指頭算了算。

謝慕堯大自己八歲，等她到法定年齡可以結婚的時候，他已經二十八，快二十九了。萬一家裡不同意，非要等她畢業的話那還有兩年，謝慕堯豈不是都三十多了？

她可以不顧一切，可是他能等嗎？謝母能等嗎？

越想越煩躁，程綠扒亂了一頭俐落的短髮，將臉埋進被子裡，「真的好煩啊……」

晚上程媽媽回到家，就看到程綠慢騰騰的在收拾行李，日用品什麼的堆了一地，吹風機啊、洗漱用品啊，都是她沒見過的。

程媽媽坐到床邊看女兒整理，無意間隨手拿了一瓶洗髮精看看，用手掂了掂還有多半瓶呢，上面全部是韓文，看都看不懂。程媽媽知道這些都是名牌貨，女兒現在長大了，知道愛美了，買這些也無可厚非，可她記得自己給女兒的零用錢並不多，女兒拿什麼買的？

「這些都是妳自己搬回來的？」程媽媽循序漸進的問。

程綠抬頭看了一眼程媽媽手裡的東西，點頭，「是啊。」

「我記得妳以前用的不是這個牌子的，怎麼換了？」

程綠聞言，皺著眉頭疑惑的看著程媽媽，過了一會兒才出聲：「這些不是妳買給我的嗎？」

「我買給妳的？」程媽媽不解，「這些東西一般的超市都沒在賣，我怎麼買給妳？而且妳住那麼遠，我怎麼送過去給妳？」

程綠察覺出一絲不對勁了，又聽程媽媽問自己怎麼回事，就隨便找了個藉口搪塞過去。

過了一會兒程媽媽去做晚飯，程綠一個人坐在地上發呆。

他到底是什麼意思？

鄰居而已，又不是親哥哥，用得著跟伺候女兒一樣的對她好嗎？

之前幾乎每週他都送東西來，原來只是打著程媽媽的名義而已。

程綠覺得頭疼，有點不確定他到底喜不喜歡自己。

如果不喜歡的話，實在沒必要大老遠每週都往她那邊跑，還問她缺什麼、想要吃什麼，然後面面俱到的滿足她。

後來半個月，程綠一直都沒見到謝慕堯，謝母說他出差了，這一次是真的出差，去法國了。

程綠每天都過得心不在焉，國中同學叫她出去玩也沒去，每天守在院子裡留意隔壁的動靜。

他什麼時候回來呢？

沒發簡訊給他，因為她也不知道說什麼。一旦有了那種「他有可能也喜歡我」的想法後，立刻就像種子一樣在心裡生了根、發了芽，一心一意的盼著他回來，又不敢輕舉妄動。

她有點懷疑那個女生和謝慕堯的關係，卻不好直接去問當事人，於是上通訊軟體仔仔細細的瀏覽他的個人頁面，尋找蛛絲馬跡。

皇天不負有心人，她終於找到了那個女生的痕跡。她的頭像是本人，照得很清新的樣子，任誰都會喜歡。不過程綠卻嘅嘅嘴，老女人而已，不能賣萌只能往知性那一類型去打扮了。

程綠帶著忐忑的心情進入那女生的個人頁面，她的相簿只有一個。點開相簿，裡面全是和朋友們的合照，程綠第一眼就看到了她和謝慕堯的合影。

女生甜甜的笑著，謝慕堯勾著脣，對著鏡頭，目光很溫柔。

程綠眼睛一閃，注意到上傳照片的時間，就在四天之前，而且照片下面還配了一行字：法國的天氣真的好舒適，I Like！

她咬咬脣，不敢去想另一種可能性，催眠自己他和她一定只是朋友，一起出去玩也不代表什麼啊……可心裡這樣想著，鼻子卻還是忍不住一酸。

美好的夢想總是鏡花水月，稍微現實一點，就可以把它狠狠擊碎。

程綠覺得自己就像一個變態一樣，偷窺著那個女生的生活，把她發的每一條心情狀態都拿來分析、聯想，是不是和謝慕堯有關。最後，就算離開了，她還要小心翼翼的刪掉自己的瀏覽痕跡，生怕被別人知曉。

為什麼她的感情這麼見不得光呢？她喜歡他，真的喜歡他啊！

渾渾噩噩又過了幾天，這些日子程媽媽一直在看各大院校發的廣告。程媽媽說，縣內大學的名氣與專業科系都不算是頂尖的，最好去大城裡的知名大學，以程綠的成績去申請的話，絕對沒問題。

可程綠不想，因為她的愛還在這裡。

晚上洗過澡，剛準備爬上床，就聽到隔壁傳來引擎的聲音。程綠像是小狗一樣立刻將耳朵豎了起來，這聲音她太熟悉不過了！

程綠輕手輕腳的走出房門，來到院子裡，果然看到了謝慕堯那輛銀色的轎車停在那裡，那一刻，她覺得鮮紅的血液順著血管終於流向胸口，盈滿了空落十幾天的心臟。

他房間的燈開了，窗戶上映出他的身影，他正在脫衣，脫到一半時才想起要拉上窗簾。無意間低頭，目光卻落在隔壁院落裡向上仰望那小小的一團。

他的動作一停。

謝慕堯出來了，直接從牆的那一頭翻了過來，就像那一年的除夕。

看著他走近，程綠的心怦怦怦的跳，思念太濃了，以至於都分不清自己究竟想不想他，但是這一刻，看著他翩翩而來，比什麼時候都覺得幸福。

他坐在她的身邊，低著頭，目光落在前方種植的石榴樹。

和那一年不同，程綠現在更明白了男女有別，他就坐在自己的一側，身上還帶著些風塵，成熟的男性氣息熏紅了她的臉。

她不敢表露，也垂著眼睛，只覺得臉頰火熱。

好想問問他，為什麼每週都去看她？為什麼那些東西都是他買給她的，卻不敢承認？

好想問問他，是不是，也動心了？

她深呼吸，明明就覺得這些話並沒有那麼難以說出口，可是現在……只是表白而已啊！又不是沒表白過，又不是沒被他拒絕過！

她剛要開口，便聽他說：「下週我就要去法國了。去進修。」

她微怔，一時間反應不過來，傻傻的看著他。

「可能要去一年，或者三年。月初的時候我已經收到Offer了，也接受了，這一次就是去那裡做一些前期的準備工作。」

她不太明白，就只聽懂了——

「你要走了？去法國？」

他點頭，「嗯。」

喉嚨好像梗著一塊石頭，她問：「你什麼時候知道這個消息的？」

「上個月。」

「可是你現在才告訴我？」

他沉默。

她忽然意識到：是啊，這是他的職業生涯，是他的人生規劃，人家有什麼義務要告知妳，妳又有什麼權利生氣呢？

「她呢……那個女生呢，也一起去嗎？」

謝慕堯有點驚訝的看過來，但還是沒說什麼。

程綠已經從他的沉默裡得到了想要的答案。但她還是……不甘心啊……

「你喜不喜歡我，謝慕堯！你到底喜不喜歡我？！」她忍不住了，「你不要否認，我能感覺得出來！你如果不喜歡我，為什麼一有時間就去見我？你想照顧我對不對？男孩子一旦想照顧一個女孩子，就證明他很喜歡她！」

「表白的那一次你說我還小，等我長大了想法就會變了。可我現在已經長大了！我十四歲就喜歡你，一直到現在，都三、四年了，這感覺一直沒變，你為什麼就不相信我呢？」

她聲音有點大，可她已經不管不顧了。

她的愛情都要飄去法國了，還有什麼比這更慘的？

謝慕堯輕嘆了一聲，似乎很無奈。

「小綠，我是很想照顧妳，但不是非要有男女關係才會產生那種想法，妳知道嗎？妳很可愛，像我的妹妹，我們身邊都沒有爸爸照顧，所以我很能體會妳的感受，才會想幫妳分擔一些。如果這樣做讓妳誤會，那麼……我改。」

聽到他的話，程綠變得冷靜了。

所以自始至終，他都是可憐她？同情她？

「我不信。你是喜歡我的，只是你現在還沒有發現。」她執拗。

謝慕堯看向她的眼睛，很堅定的說：「在我眼裡，妳還是個孩子。妳說，我怎麼會對一個孩子動心呢？」

對程綠來說，這句話的殺傷力最大。她不在乎別人怎麼想，她最怕他把她當孩子，而不是異性來看待。

或許自始至終，在他眼裡，她只是一個不懂事又極其難纏的臭丫頭而已。

「可是我喜歡你，謝慕堯……」她聲音漸漸沒了方才的氣勢，「你去法國，是不是因為想躲開我？」

他抿脣，不答。

她忽然笑了，「沒想到我還有這麼大的影響力，呵呵。」都把人嚇到法國去了呢。

喜歡他如果變成了一種負擔，不如放棄。

「我之前在書上看到一句話，女生問男生，你愛我嗎？男生說，已經愛到危險的程度了。女生又問，危險到什麼程度？男生回答，已經不能一個人生活。」她轉過頭來看他，笑著說：「太假了是不是？就算我多喜歡你，沒有你，我還是一樣可以生活下去的。」

「你走吧，謝慕堯，去擁抱你的大好前程吧。我也一定可以好好的過自己的小日子的。」

「這一次我是真的要忘了你，真的。」

「所以，以後就算見面了，就當作不認識好了。」

「千萬不要和我打招呼，否則讓我想到現在的自己，會覺得很丟臉的。」

她笑得僵硬，站起身，想進屋，可看到他一個人坐在臺階上孤零零的背影，又很心疼。猛地從身後抱住他——第一次，也是最後一次，那麼緊緊的抱著她愛的人。

「單戀挺辛苦的呢！不過也好，終於到頭了，我再也不用擔心有一天你會離開了。」

就算多難受，咬咬牙，總會過去的。

「你走的那天我就不送你了，你的婚禮我也不參加了，斷就斷得乾淨，對吧？」

「好了，我走了，你也走吧。都別回頭。」

她本還想流一滴鱷魚淚的，讓他好好心疼一下，可惜哭都哭不出來了。

程綠回到自己的房間，失眠了一整晚。

第二天，程綠整理了房間。以前寫的日記，但凡有他，撕的撕、燒的燒，他送的東西，包括那個錢包，也都扔了。

程綠有時候也挺佩服自己的，一個女人決絕的時候，比男人還要心狠。

他走的那天，她在房間裡聽到謝母囑咐他的聲音，兒子跑去那麼遠的地方，當媽的最捨不得了。

至於他說了什麼，她聽不到。

等隔壁安靜了，她才下了樓。

程媽媽今天休息，看到她，還說怎麼不去送送妳謝哥哥，他都要走了。

程綠沒回答，坐在程媽媽對面，說：「媽，我們搬家吧。」

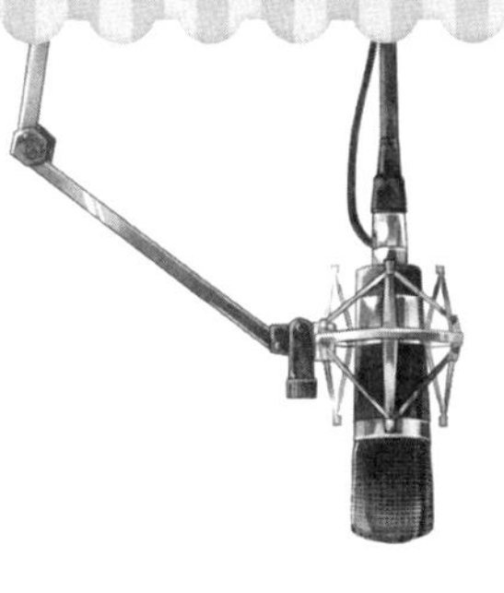

第三章

程綠申請了另一個縣市的大學，去學校報到的前一天，換了新的手機號碼，她只通知了幾個很要好的朋友。當然，沒有告訴他。

通訊軟體上「The Stranger」中唯一的主角，也被她丟入黑名單了。

總之，關於他的一切，程綠都毫不猶豫的刪除了。

就這麼平安無事的過了幾年，期間程綠結交了同宿舍和她有相同愛好的向小葵。兩人一起八卦、一起混圈子、一起玩網配，樂此不疲。

看，她預料的都實現了，沒有謝慕堯，她還是能過得風生水起。

★　　★※★※★※★　　★

馬上要升大三的那一年暑假，程綠的國中同學要辦一個同學會。

自從上了大學和程媽媽搬家之後，她已經兩年多沒回故鄉了，這次同學打了好多通電話過來，程綠也不好意思拒絕，就答應了。

四個小時的車程，顛得程綠臉都青了，她發誓下一次再也不坐普通車，簡直是遭罪。

下了火車，程綠在距離以前的家不遠的地方訂了一間旅館房間，準備住兩天。洗了個澡、換了身衣服，她到約定好的時間就出發去餐廳了。

一轉眼，小夥伴們都變成了大人的模樣，有幾個留在本市上大學的竟然還帶了家屬，這讓程綠很驚奇。其中一位男同學上完高中就不再升學了，現在經營了一家手機店，小本生意做得有滋有味，說再等一年多，到了法定年齡，就和女朋友結婚，飯桌上一片恭喜祝賀聲。

晚飯吃到了快十點，有人覺得不盡興，提議去唱ＫＴＶ，程綠已太累為由拒絕了。

送行時，朋友問：「這次回來準備待多久？」

程綠說：「兩、三天就回去了，我爸快回來了。」

「去母校看看？現在變化挺大的。對了，我前幾天從你們家路過，看到新搬進來一戶人家，好像是一對老夫妻，他們在院子裡種了好多水果，整理得挺漂亮的。」

程綠笑笑。

向朋友們道別，程綠卻不想這麼早回旅館，聽到朋友提起以前的家，她忽然也有點好奇了。

晚上的溫度有點冷了，不過今天是難得的大晴天，月亮又圓又大的掛在夜幕之上，跟探照燈一樣。她一步步循著回憶，朝著老家的路走去。

果然像朋友說的，院子裡面種了好幾棵果樹，茂盛極了。

種樹這種事也要靠手藝，程媽媽之前就覺得院子太空，想種點綠色食品自己食用，奈何種什麼死什麼，最後只留下一棵半死不活的小樹挺在那裡。

可人家呢？不僅種得茂盛，還將枝椏修剪得跟藝術品似的。這若讓程媽媽看到，估計會嫉妒死。

程綠欣賞了一會兒，目光還是不受控的飄向了隔壁。二樓的燈暗著，客廳似乎有人，她沒在院子裡看到那輛轎車，也不知是該鬆口氣還是什麼的。

以前的畫面瞬間湧入腦海，收都來不及收，其中就有她常年坐在那輛車副駕駛座的場景。

這幾年，他應該混得不錯吧？在法國那麼久，車一直用不到，是不是已經賣掉了？

她嘆了口氣，覺得怪可惜的，那車還那麼新呢……

一陣腳步聲慢慢的清晰起來，程綠後知後覺。

「小綠！」

聽到聲音的一剎那有點僵硬，但程綠還是微笑的回過頭說：「謝阿姨好。」

「呀，真的是小綠！」謝母有點激動，「遠遠的看到這邊站著一個人，就覺得眼熟，走近了我反而不敢認了。真是越長越漂亮了呢，小綠。妳媽媽還好嗎？怎麼來了也不進去坐坐？」

謝母說著就要拉程綠進門，程綠不自然的躲了一下，說：「我只是路過。今天太晚了，我改天再來拜訪，謝阿姨再見。」

「啊，可是……」

謝母還要說什麼，程綠卻匆匆留下一個笑臉就走了。

雖然知道他應該不在家，但她還是不想回到那個充滿回憶的地方，也不想從謝母口中聽到有關他的任何消息。

急切的走出那片住宅區，程綠才放緩了腳步，額頭微微有點薄汗。從住宅區通往大街的路只有一條，她一面走，一面流連。

畢竟是她從小長大的地方。

後面有人走來，聽腳步聲好像很趕的樣子，只是走到她背後時又突然沒了聲音。

程綠本不想理會，可始終不見那人超過自己。這邊的路還是有些偏僻的，於是她也怕了，想趁那人沒有防備，冷不防的突然轉過身嚇他一下。

只是沒想到，看到那人在月光下清俊又熟悉的面容，被嚇到的人反而是她了。

……是謝慕堯。

程綠很快就恢復了鎮定，因為在遇到他之前，她無數次想過兩人重逢時的畫面。

她冷冷的看了他一眼，轉身，繼續走自己的，就像彼此毫不相識一樣。

可謝慕堯顯然不想當作不認識，他光明正大的走到她身邊，跟隨著她的步伐。

「回來怎麼也不說一聲？放假了吧？」

她不理會。

他繼續說：「程媽媽回來了嗎？還是妳自己回來的？住在哪？安不安全？」

她還是沉默。

「我媽跟我說妳回來了，我本來不相信，可還是追出來了，沒想到真的是妳。」

她脣線開始緊繃。

「期末考考得怎麼樣？有沒有不及格的？馬上就要大三了吧，實習……」

程綠忽然停了下來，冷漠的面對他，謝慕堯也不禁閉了嘴。

「我不是說過了……」她緩慢的開口，聲音沒有起伏，「就算將來見面了，也不要打招呼，就當作毫不認識的陌生人。」

他看著她，沉默，有些委屈的樣子，「可我們……是認識的啊……」

她眉頭皺得很緊，「『當作』這兩個字他不明白嗎？去法國幾年連母語都聽不懂了？

根本就不想跟他說話，程綠逕自往旅館方向走。謝慕堯似乎也知道她在生氣，不敢輕易出聲，就在她身後一步的距離，不遠不近的跟著。

眼看住的地方就要到了，那人卻絲毫沒有要走的意思，不想被他知道自己在哪裡落腳，也不想和他再有什麼牽扯，程綠轉過身，有點無奈、有點氣餒，更有點力不從心的問：「你到底想怎樣？」

他被問得愣住了，眼鏡後方的黑眸蘊出一絲不解，隨後才輕聲答：「不想怎樣，就是想，和妳敘舊，我們……好多年沒見了。」

「我沒有舊要和你敘，OK？」

謝慕堯垂下眼，這幾乎是她第一次看到他侷促、手腳無措的樣子。好像時間在他身上都沒怎麼留下痕跡，反而比分開的那一年顯得更不成熟了。

連她這個黃毛丫頭都能把他嚇住？真搞笑！

程綠無奈的嘆口氣，看到路邊擺著一家賣冰的攤子，說：「我渴了，你請我吃碗刨冰吧。」

頓時，他抬頭，眼神亮極了。

她和他一人要了一碗刨冰。店主很熱情，以為他們是情侶，還特大聲的說：「小夥子，女朋友真漂亮，我多給你們加點料，以後常來吃哈！」

謝慕堯出來的時候太急了，就穿著平時在家裡穿的T恤和短褲，他這樣的打扮顯得跟大學生一樣，店主也就誤會了。不過讓程綠吃驚的是，若是放在以前，他一定會解釋清楚，不會像現在這樣放任店主胡思亂想，而且還毫不介意的在笑。

她吃了幾口，太冰了，於是拿著小勺子在碗裡撥來撥去。

謝慕堯也沒動眼前的東西，他從來不吃這些。

「我打過電話給妳，停機了。」

她拿著勺子的手一頓，一秒鐘後又繼續之前的動作，「換了手機號碼，舊的沒再用了。」

「通訊軟體也聯繫不上。」

她似乎沒聽到他語氣裡的一絲埋怨，不緊不慢的說：「被盜過，一直很少上了。」

他點點頭，不知有沒有真的相信。

沉默的氣氛讓人覺得窒息，她乾脆抬起頭，找話題：「你呢，什麼時候結婚？」

他微怔，「結婚？」

「是啊，和女朋友都交往好幾年了吧，謝阿姨等著抱孫子估計都等急了。」看他眉頭越來越緊，程綠才意識到自己是不是說錯話了，猶豫道：「呃……不是分了吧？」

他搖頭。

那就是還在一起，程綠鬆口氣。

他忽然說：「我沒和她在一起過。」

她捏著勺子的手用了點力氣，隨意「嗯」了一聲。

然後，又是一陣相對無言。

程綠覺得這麼多年過去，再面對他的時候，自己的確已經平靜許多，不再像那幾年面對他時，什麼情緒都寫在臉上。現在想一想，那個時候他已經很懂得人情世故了，就算自己不說，他一定也發現自己喜歡他，只是一直不捅破而已。

她嘆口氣，畢竟小了那麼多歲，少了那麼多年的人生閱歷，自己在他面前，恐怕就是一張白紙。

「已經很晚了，我今天坐火車坐得很累，想回去了。」

謝慕堯點點頭，結了帳給店主，問她：「我送妳吧。」

「不用了，我住的地方離這邊不遠。」她直接拒絕。

他沒說話，程綠以為他默許了，剛要走，忽然被他拉住。

「妳把妳的手機號碼給我吧。」

程綠從他手中抽出來，問：「你手機號碼換了嗎？」

他搖頭說：「沒有。」

「那就行，我記得你的手機號碼，有時間打給你。」

程綠笑了一下，然後也不管他什麼表情，快步走回旅館。

她的確還記得他的手機號碼，哪怕程媽媽和她一起換的新手機號碼至今她都背不全，但他的，她一直都記得。

只是，她永遠都會不打而已。

程綠沒按照原定計畫留兩、三天，第二天起床後整理一下隨身物品，買了一張火車票回家。

因為，她怕再遇到他。

仍舊是四個多小時的車程，只是離開心切，也就沒那麼難以忍受了。

★　★※★※★※★　★

不久後就開學了，程綠是班級幹部，事情比較多，忙得暈頭轉向。

她也比所有人都提前知道，謝慕堯來學校做客座教授的事。

年紀那麼輕就當上教授，接受院長親自聘請，還有誰能這麼厲害的？

聽到這個消息，她只是覺得有點驚訝，除此之外並無其他太激烈的感覺。

向小葵很喜歡做聲優，理所當然會選擇謝慕堯那一門選修課，程綠沒多做掙扎，反正他來都來了，躲有什麼意思？不是更說明自己還忘不了他？

她不想讓謝慕堯往這方面去想，所以乾脆痛痛快快的正面交鋒好了，她本就不是那種喜歡退縮逃避的人。

謝慕堯的第一堂課，程綠坐的位置靠後。

講臺上的男人有著翩翩風度，一舉一動漂亮又瀟灑，笑的時候溫文爾雅，一切美好的形容詞用在他身上都再貼切不過。

程綠發現了，好多女生的眼睛都黏在他身上，就像當年他送她回宿舍，室友看著他的眼神一樣，如狼似虎。可是他似乎沒有發覺，偶爾空出時間讓學生消化知識時，視線總是若有似無的落在程綠的身上。

這樣上了他幾堂課，也接受幾次他「眼神」的騷擾，再被他單獨叫到辦公室的時候，程綠已經有些煩躁了。

學校對謝慕堯簡直太偏愛，給他一間六坪的單人辦公室，空調、飲水機樣樣齊全。

看她走進來，謝慕堯從椅子上站了起來，看那舉動她有點想笑，好像彼此的地位倒過來，她是突擊檢查的學校師長，而他才是被審查的學生。

「有事嗎？」

他笑臉迎人，「沒什麼大事，學校最近想拍一部招生宣傳片，要讓我做，可是我剛來學校不久，對這邊的情況不了解，想找個人做幫手。」

她聽懂了，點頭說：「我認識學生會會長，明天把他介紹給你。」

他笑容一滯，「妳不行嗎？」

她指了指自己，「你難道想每天都見到這張臉嗎？」

聽完，他也沒了笑容，「妳怎麼會這麼想？妳以為我不想看到妳？」

「當年不是我纏你纏得沒辦法，所以把你嚇得躲到國外去了嗎？我不相信才過了兩、三年，你又突然想看到我了。」

他臉色凝重，用很嚴肅的語氣說：「程綠，我鄭重其事的告訴妳，我當年離開並不是因為被妳纏怕了，不想見到妳。」

「那是為什麼？」

「……」他抿脣，又不說話了。

程綠搖搖頭，「謝教授，下次說謊話之前，把話先在心裡想圓滿了再說。」

見他又跟個悶葫蘆似的，程綠轉身就走。手剛碰到門把手時，背後傳來他無可奈何的聲音：「我以老師的名義要求妳，這部宣傳片由妳來負責。」

她沒回頭，直接答道：「隨便你。」

莫名其妙的離開，又莫名其妙的出現，而且還很頻繁！

程綠要被謝慕堯搞瘋了，因為宣傳片的事情，全學校都在傳她和謝慕堯如何如何。

拜託！他大她八歲呢，能「如何」呀？

不過，被謝慕堯騷擾多了，久而久之也就習慣了。

反正她還有一年就畢業了，到時候大不了再搬家，這個世界那麼大，她還不信就找不到一個沒有他的地方。

★　★※★※★※★　★

期末考結束那天，程綠和宿舍室友一起去慶祝，誰知遇到一家黑店，後來還是向小葵求助她的男神，才幫她們解了圍。

只是程綠沒想到，竟然還驚動了謝慕堯。

坐他的車回去時，男人神情緊繃，程綠極少見他這個樣子，一時間也不敢頂嘴。

其實在她心裡，謝慕堯有時候也會像是長輩一樣的存在，大多時間他在照顧她，但偶爾她闖了小禍，還是會被他數落的，所以心裡都有陰影了。

車子停在鼎盛世家樓下的停車場，第一次來到謝慕堯在這邊的住處，沒想到房子那麼大、那麼好。不過想想也是，以前著名的主播，幾年下來一定積攢了點積蓄了。

謝慕堯從臥室裡拿出一件他的白T恤，冷著臉扔給程綠，「先去洗澡，然後我們談談。」

——談個P，我累斃了好嗎！

程綠抿抿脣，終究還是不敢抗議，去洗澡了。

她洗完澡，穿著他的T恤就出來了。

與向小葵相比，一六五的程綠已經算是高個子了，但是謝慕堯的T恤仍舊長及她的膝蓋。

他在客廳等她，已經換上了一身連帽運動服，和他在學校時穿西裝的味道又不一樣。此時，他手裡捧著一杯溫水，正望著杯子出神。

見他仍是發呆，程綠刻意發出點聲音，他這才抬起頭。

看到穿著自己衣服的程綠，他瞳孔似乎變了變，但很快趨於平靜。

「出了事為什麼不打電話給我？」他一開口，聲線已經繃緊，感覺得出來那種極力隱忍的怒意，正處在爆發邊緣。

「為什麼要打電話給你？」她反口問道，很理直氣壯。

然後，堵得謝慕堯一句話也說不出來。

他深呼吸了幾次，「是不是妳寧願在那裡乾坐一夜，也不會向我求助？」

「我不會做無謂的假設，而且，我還有爸爸。」

謝慕堯說不清楚此時心裡的感受，以前程爸爸不在家，他雖然年輕，但對她也算盡了父親的義務，不只是照顧她，連家長會都為她開過。

曾經那麼熟悉、那麼親密的關係，如今對望，卻如同隔開了一座永遠無法翻越的大山。

他有些無力。

「妳恨我？」他望進她的眼睛，明顯看到那一雙很有靈氣的眸子閃過一縷侷促。

她乾笑一聲：「你別開玩笑了，我恨你幹什麼？」

「以前……」

她打斷他：「別提以前，行嗎？求你了。」

謝慕堯仍不肯甘休的直望進她的眼底，她掩藏不住的委屈絲絲洩露出來。

她閉了閉眼，把液體眨回去，「既然你想翻舊帳，那我們今天就乾脆說個明白。」

——就算死，也要死個痛快不是？拖拖拉拉沒完沒了的，折磨的是兩個人。

「謝慕堯，你到底想幹什麼？大老遠放棄你的似錦前程，跑到這種鳥不生蛋的小地方做客座教授，你想幹嘛？用謝微塵的身分接近我，噓寒問暖，不斷在我面前刷存在感，你幹嘛？耍我？」

看到他面露驚訝，程綠苦笑道：「你以為我不知道謝微塵就是你？拜託，我喜歡一個人N年，不會連他的聲音都聽不出來，即便你做了修飾。」

就算他改變了聲音，但他說話時的情緒、語氣、尾音抑揚頓挫的小習慣，都逃不過她的耳力。愛慕他的那幾年，她沒幹過別的事，淨偷偷研究他的小動作了。乃至後來他的一舉一動，她都能猜到他當時的情緒或者想法。

只是這麼多年過去了，她也開始猜不透他了。

沒想到程綠這麼大剌剌的提起那段暗戀往事，謝慕堯一時間也沒了應對的良策。

看著她倔強抿起的嘴，看著她委屈泛紅的眼……他，無言以對。

「我喜歡過你，我不丟人。」程綠眼神的冒出了一種名為堅定的情緒，「網路上不是流行一句話嗎？『誰年輕的時候沒喜歡過幾個人渣』，可我不這麼想。直到現在，我都覺得所有我認識的男生裡，只有你值得我喜歡。一想到這些，這麼多年痛苦的暗戀，也都覺得值了，真的。」

「你對我判死刑的時候，我真覺得我都難過到要死了，可是我沒有。我比誰都冷靜，有關你的日記、你送給我的東西，只要有你的回憶，我統統都毀掉了。現在想起來，說實話，會有點後悔，可當時我不這麼做，我還能如何呢？看著那些東西睹物思人？」

聽到這，他眼底的詫異也表露出來了。

許是沒想到，她會做得這麼決絕吧。

程綠苦笑了一下，「你別驚訝，其實我還做過好多你不知道的事。我偷窺過你的個人網頁，從你那邊找到你女朋友的通訊軟體帳號，看過你和她發過的每一條訊息，甚至連時間表都列出來了。」

「你知道嗎？知道我們不可能的時候，我甚至有種鬆一口氣的感覺。太辛苦了，太難受了，謝慕堯。如果喜歡一個人會讓自己那麼不快樂，我乾脆不要去喜歡。」

她已經忍不住眼淚往外湧了，但還是用很冷靜的聲音繼續說：「我小心翼翼的像個神經病，我偷窺你的隱私、研究你的日常像一個變態。你就算對隨便我笑一笑，我都要摸清楚你為什麼要對我笑，是因為我今天穿的裙子好看，還是剛剛我說了一句什麼不得了的話。」

「每天我放學回家，關門的時候都刻意發出好大的聲音，就為了讓你知道我回來了。每次我用通訊軟體傳訊給你，你沒立刻回我，我就賭氣把你刪除好友，可到最後還是默默的加回來了。」

「我小心的隱藏我的喜歡，生怕你知道，可又怕你永遠都不知道……更怕你知道了，卻還是當作什麼都沒發生過的樣子。」

「你告訴我你決定去法國的那個晚上，我一個人躺在床上，眼淚都流不出。我當時就在想，以後再也不想你、不喜歡你了，你連我這麼好的女孩都不珍惜，活該一輩子光棍。就算你到五十歲還單身娶不到老婆，我也不會再回來找你，因為是你先放棄我的。」

「可你現在又算什麼？你給了我三年平靜的時間，就讓我一直平靜的生活下去不行嗎！」

強忍很久的眼淚還是掉下來了，她負氣的用手背狠狠擦去。

——太不爭氣了，程綠，妳ＴＭＤ不是說永遠不為這個男人哭了嗎！

一開始質問的人是他，可到現在，心疼的感覺充盈了整個胸腔，讓他喘不上氣來。他走過去，抬起手要為她擦淚，卻被她偏頭躲了過去。

「有什麼話我們今天就說清楚吧，謝慕堯。」

她冷漠以對。

要說什麼，他自己都不知道。

她說得對，她都過了三年的平靜日子，好不容易快要忘了他，他又出現做什麼？

即便過了三年、五年、十年，問題還是會橫亙在兩人中間，永遠不會隨著時間消失。

謝慕堯的腦子也很亂，一時間說不出什麼話，心裡悶得難受，只得很輕柔的對她說：「今天太晚了，妳也累了，去休息吧。」

得到他的答案，程綠斂了斂眸，也說不出是失望還是失落。

——他總是這樣……

她轉身，身體極累，肩膀鬆鬆垮垮的。進了客房，她忽然間就沒了力氣，從門板上滑坐到地上，半晌，只餘下嘴角的一抹苦澀笑意。

★　★※★※★※★　★

放假後，向小葵被男神拐去出差，程綠看得出這兩人有戲，也不插手，順其自然。

自從那天之後，程綠再也沒有聯繫過謝慕堯，他也沒有主動聯絡她。

兩人彷彿又變成了兩條平行線，永無相交的那一天。

晚上睡覺的時候，宿舍房間裡就只有她一個人。夜深人靜，隱約聽到隔壁窗戶那裡發出動靜，程綠從床上爬起來，打開手機看了一下，凌晨三點。

隔壁宿舍已經好久沒人住了，大部分的同學在一放假時就回家了，要不就去打工了，這個時候還折騰什麼？

那聲音很輕，時不時發出一聲，程綠本就睡不著，這下更煩躁，想也不想便下了床，徑直走到隔壁宿舍房間門口，敲了敲門問：「方齡，大半夜在做什麼呢？」

那聲音停了。

可沒人回應她，程綠這才意識到不對勁。可因為睡眠不足造成智力下降，她就那麼不顧後果的推開了並未上鎖的宿舍門。

房間裡站著一個中年男人，手裡還拎著一個黑色的袋子，恰好和程綠打了個照面。

過了幾秒鐘，她回神，剛要尖叫，那人突然跑過來一把將她推到地上，從大門口跑了。

程綠沒防備，摔到地上時擦傷了手肘和掌心，流了血，但當時她嚇得根本沒感覺，只覺得太幸運了，如果那人手裡拿著刀子或者再狠一點，她就不是只是破了點皮這麼簡單的小傷了。

程綠覺得自己還是很冷靜的，先報警，然後打電話給值班教官，又下樓和舍監阿姨打了聲招呼。

十分鐘後，女生宿舍樓下停著三輛警車，還驚動了副校長。

程綠剛錄完口供，就聽到樓下傳來匆匆上樓的腳步聲，她循聲看過去，教官來了，身後還跟著神色嚴肅的謝慕堯。

她朝教官點點頭，教官還沒說話，謝慕堯就走到她面前，聲音平鋪直敘的說：「程綠同學，跟我進來，說一下怎麼回事。」

周圍有不少警察和幾名與她一樣留宿的學生，她沒反駁，跟著謝慕堯走進自己的宿舍房間。

教官覺得謝慕堯做的應該是自己的工作，於是也想跟進去，但誰知剛走到門口，房間的門卻在眼前硬生生的關上了。教官一頭霧水，後又想起校園裡的傳言，這才相信兩人的關係並不是空穴來風。

程綠見謝慕堯將門落了鎖，有些詫異，還沒出聲，他已經轉過身，眼神和臉色都已經變了，惡狠狠的。

「妳在做什麼妳知道嗎？！聽到隔壁有動靜就非要去看看？妳的好奇心就這麼強？！知道不對勁了就應該先報警，妳是怎麼做的？難道上小學的時候妳的老師沒教過妳？妳爸媽沒教過妳？萬一那人手裡有武器，妳一個女孩子，還想跟他殊死搏鬥是怎樣？！」

她第一次見到謝慕堯發火，而且還是對著自己，於是也被他嚇住了。

他越說，心裡越往壞處想，一想到那場景，心就越慌亂。

「妳都多大了，還是小孩子嗎？怎麼一點應變能力都沒有？就算妳不肯打給我，可以，那打給教官或者樓下的舍監阿姨總可以吧？為什麼就非要冒著危險自己去開門？妳嫌自己命大是不是？」

謝慕堯聲音不低，連門外的教官和警察都聽清楚了，幾人面面相覷。

教官心想，這本校老師和學生之間真有點什麼，萬一被警察聽到了，學校也不好處理了。於是他硬挺著個笑臉，把相關人員都請到樓下去。

這邊宿舍房間裡，程綠還有點懵，畢竟是第一次被謝慕堯如此罵著。

後來她想：讓你罵吧，罵完了我讓你愧疚死。

到最後，謝慕堯終於停下來了，滿胸口的餘悸都化成怒氣發洩了出去。可他一抬頭，就見程綠紅著眼睛，可憐兮兮的低著頭，看都不看他一眼；再看看她身上大處小處的傷口，真的心疼死。

她一定嚇壞了，他非但沒安慰，還對她一通數落。

抿抿脣，過了一會兒，男人的聲音放輕許多：「傷口疼不疼？」

她別過頭去。

謝慕堯無奈極了，其實他也是被她嚇壞了。

「妳等我，我去找消毒藥水和 OK 繃。」

說完，謝慕堯火急火燎的跑到樓下找舍監阿姨拿醫藥箱。看他進門，一屋子的學生和警察都用怪異的眼神看著他，謝慕堯也顧不上了，只覺得眼前都是程綠受著傷、淚眼婆娑的畫面。

他拿完東西，又用方才的速度上了樓，推開門，沒想到程綠正在換衣服。

她之前的睡衣髒了，還沾了點血，都凝固在傷口上，特別不舒服。她還以為謝慕堯教養好，進門前一定會敲門，卻忘了男人現在根本連理智都談不上。

於是，程綠剛脫掉上衣，睡褲還在身上，內衣還未脫掉，男人就大剌剌的進來了。

兩人都明顯愣了一下，程綠很快恢復鎮定，謝慕堯的目光卻似乎定住了，挪都挪不開。

印象中她還是那個十幾歲的丫頭，平時又一頭短得不能再短的短髮，和小女孩都掛不上邊。可現在，不只是身高長高了，女性特徵也很明顯，甚至胸前的春光豐滿得讓他想忽略都忽略不了。

一股熱氣衝上腦門，謝慕堯剛意識到自己盯著她看有多不禮貌時，程綠已經不慌不忙的換好衣服了。她坐在下鋪，謝慕堯直接蹲了下來，看到她膝蓋上的傷口，幾乎咬碎了一口牙。

替她消了毒，貼上OK繃，他抬頭，視線恰好與她相撞。

她認真的望著他，不知看了他多久，謝慕堯又想起自己方才不適宜的舉動，欲蓋彌彰的說：「下次換衣服的時候，記得鎖門。」

「我怎麼知道你突然就闖進來。」說著，程綠忽然眨了下眼睛，問：「謝老師，看到我光著，你起反應了沒？」

謝慕堯愣住了，半晌，耳根子幾乎要冒出血來，有點氣急敗壞的說：「妳在說什麼！妳是女孩子，怎麼什麼話都敢說！」

程綠聳聳肩，澀澀的扯了下唇，「好了，我知道你沒有。你一直把我當小孩子，怎麼可能會有這麼齷齪的想法。」

謝慕堯想解釋其實很早開始他就沒拿她當孩子看了。

但最終，他還是沒說什麼。

「明天妳搬去教職員宿舍樓，跟我一起住！」

程綠的東西不多，簡單的收拾了一下，搬到了謝慕堯的教職員宿舍裡。

這一層樓的老師都回家了，只有來值班的老師偶爾回來住一晚。

前些日子謝慕堯一直為學校新招生季的宣傳片絞盡腦汁，現在各大院校什麼絕招都敢用，謝慕堯策劃了好幾個方案最近才剛剛完成，所以一進門，程綠就看到散落四處的文件和圖片。

謝慕堯將她的東西放到客房，出來就見她蹲在地上，正幫他將資料收檢起來。他站在她身後，不想驚動她，只默默的注視著。

程綠整理完，回頭，就見到謝慕堯站在不遠處。

「東西搬進去了？」

「嗯。」

她起身，把收拾好的資料放在茶几上，「哪個房間是我的？」

「左手邊第一間。」

程綠點點頭，走了幾步，聽到他說：「我媽這幾天要過來，叫上妳媽媽，一起吃個飯吧？」

程綠腳步停了一停，謝母一直挺疼她的，這次來這邊，見一面也無可厚非。

「好的。」

★　★※★※★※★　★

週三，程綠和謝慕堯開車去火車站接謝母。

一看到程綠，謝母眼睛便是一亮：「那天晚上都沒好好看看妳，一轉眼就成大姑娘了。對了，妳媽媽身體怎麼樣，聽慕堯說妳父親也從國外回來了，這下小綠要開心死了，記得以前妳爸爸不回來陪妳過生日，妳都要哭鼻子呢。」

一路上，謝母拉著程綠的手說個沒完沒了，程綠只覺得謝母好像比以前還要熱情，看她的眼神都讓她有點發毛了。

提到以前的事，程綠覺得丟臉，面頰一紅，「我哪有哭鼻子……」

開車的謝慕堯抿脣輕笑了一聲：「媽，她不願意聽什麼，妳非要說什麼。」

謝母被逗笑：「好好好，沒哭鼻子，是謝阿姨記錯了。」

謝慕堯直接把車開到餐廳，程綠陪著謝母先去包廂點菜，謝慕堯又去接程媽媽。

兩位老鄰居見了面，相聊甚歡，程綠偶爾幫腔說幾句，謝慕堯則全程微笑，很是放鬆。

吃完，謝慕堯去叫甜點了，謝母則去了洗手間，包廂裡只剩下程媽媽和程綠。

程綠正要夾一隻雞翅吃，忽然聽到程媽媽小聲問她：「沒想到慕堯這幾年這麼出息了，現在都成大學教授了，妳這孩子，怎麼也不跟我說？」

程綠咬了一口雞翅，滿嘴油，「有什麼好說的？妳又沒問。」

這孩子！程媽媽瞪了她一眼，然後又說：「我看慕堯對妳還挺不錯的，這孩子我也算是看著長大，人挺不錯的。妳告訴媽媽，妳和他是不是有那意思？」

程綠被雞骨頭卡了一下，忙吐出來，睜著大眼睛看著程媽媽說：「莫名其妙的，那都是八百年之前的事了，妳怎麼還拿出來說？」

程媽媽癟嘴，「之前管妳是因為妳還小，現在也到了該找男朋友的年紀了。我看慕堯就不錯，要是他對妳也有這意思，可以交往看看。」

程綠無語了，「我跟他不可能，OK？小時候的事妳怎麼還記著？」

「真的？」程媽媽不相信，她活了這麼多年，還是相信自己的眼睛的，說：「那行啊，如果妳不喜歡慕堯，那過幾天媽媽替妳安排相親，媽媽同事這邊可是有好多優秀的男孩子。」

程綠大大方方的點頭，「行啊，我沒問題。」

程媽媽皺眉，難道她真誤會了？

她正想著，聽到門外有腳步聲，謝慕堯推門走了進來，身後跟著端甜點的服務生。

程媽媽剛說完謝慕堯的悄悄話，有點心虛，不過見謝慕堯面色無異才放心下來，再轉頭，看到程綠還在那啃雞翅，她搖搖頭，閨女這副模樣，人家要真喜歡才怪了。

吃完飯，兩家相約以後要經常來往，謝慕堯開車先送程媽媽回家。

路上，程媽媽問：「小綠，妳要回家還是回宿舍？」

話落，坐在前面的謝慕堯透過後視鏡看了過來。

程綠沒注意到他的目光，猶豫了一下，決定道：「回家吧，都好久沒看到爸爸了。」

於是，謝慕堯只得開車將程綠和程媽媽送回家。

程綠一回家，就住了好多天，甚至沒有要回教職員宿舍的意思，甚至還跟人間蒸發了一樣。

謝慕堯傳簡訊給她，或者打電話給她，總是不能立刻得到她的回覆。他開始煩躁起來，一想到飯局那天在門外聽到程媽媽要介紹男朋友給她的話，整個人就心煩意亂起來。

這幾天她在忙什麼？忙相親？

程家家境不錯，程媽媽眼光也極高，為自家女兒挑的女婿自然都是頂尖的，男方一定家世不錯，人品也得好，年紀還要和程綠相當……

謝慕堯從床上噌的一下坐起身，沒多做猶豫，套上一件連帽衫，從玄關處拿了車鑰匙就往外走。

程綠此時正在網路上看韓劇，動情之處還掉了幾滴鱷魚眼淚，謝慕堯打電話來的時候她沒聽到，過一會兒總見手機再閃，拿過來一看，是謝慕堯發來的簡訊。

「我現在去妳家，妳在家嗎？」

「我馬上就到了，看到簡訊回我一聲。」

「我在妳家樓下，程綠。」

程綠皺著眉頭，看了一眼最後一封簡訊的發送時間，到現在已經十分鐘過去了。她整個身體越過書桌，稍微將窗簾掀開一角，果然在樓下不遠處看到謝慕堯的車子停在那裡。

他來做什麼？

程綠搞不清楚謝慕堯到底要做什麼，但畢竟人已經到了樓下，她只好穿著拖鞋，和程媽媽說了聲去超市買點東西，就下樓了。

從她出現的那一刻，謝慕堯就已經注意到她。

程綠繞到駕駛座這邊，用手敲了敲車窗，他緩緩將玻璃降下來，露出她乾乾淨淨的笑臉，一頭霧水的問：「你找我有事？」

謝慕堯冷靜的看了她一會兒，才說：「我們談一下。」

程綠皺眉。

此時他已經動手將車鎖打開，她察覺到他是認真的，抿了抿唇，又繞到另一邊，坐上副駕駛座。

她轉身看他，問：「你要談什麼？」

謝慕堯沒有理會，發動車子，掉頭駛出社區。

程綠也隱隱察覺到什麼，難得沒有出聲抗議，她還穿著人字拖，藏在座椅下的腳趾悄悄的蹺起來，算是默默的表達了一下不滿。

謝慕堯將車子停在程綠家附近的河邊，這裡風景很美，平時都是情侶談情說愛的好去處，但因為現在時間不早了，人也不算多。

謝慕堯將車窗都打開，夾雜著濕氣的風微微拂面。

他不開口，程綠也不主動，叫她出來的人是他，她才不會貿然出擊。

兩人就這樣將近沉默了十幾分鐘，謝慕堯才悶悶的出聲：「小綠，妳是怎麼看我的？」

她覺得莫名其妙，「什麼叫怎麼看？」

「妳討厭我嗎？」他頓了頓，說：「因為之前的事，妳會不會討厭我？」

程綠看了他一眼，說：「不會，你挺好的，對我一直不錯，我為什麼要討厭你？」

他似乎鬆口氣，仍舊沒有看她的眼睛，「那，妳還喜歡我嗎？」

程綠皺眉。

「你到底想表達什麼？」她問。

謝慕堯垂下眼睛，從側面她看到他的睫毛好長，真是讓人妒忌。

「當年我決定去法國，不是因為討厭妳的糾纏，不過也的確在躲妳。程綠，如果我們是在這個時間認識，妳成年，甚至變成了大女孩，我或許會更容易接受妳的感情。只是，我認識妳的時候妳才十幾歲，還是個剛上國中的小女生，我幾乎算是看著妳長大。如果那個時候我就喜歡上妳，就真的……」他苦笑：「太變態了。」

程綠沒出聲，靜靜等著他說下去。

謝慕堯說：「知道妳喜歡我，我也很吃驚，但我總覺得那是小女孩的愛慕之情。也許過幾天、過幾年，妳就會完全忘掉這件事，只是……」

她笑了笑，接口說：「只是，你沒想到我會那麼執著？」

謝慕堯緩緩的抬起頭，盯住她的眼睛，點點頭，「是，我的確沒想到。」

拒絕了她的表白，可心裡卻總是出現她的身影，謝慕堯在那段時間真的很認真的懷疑過自己是否有戀童癖，竟然對一個自己看著長大的小女孩有感覺。

她傷心的時候，他也不舒服，可總好過看著她將來後悔，被這段幼稚的感情束縛住自由。

她是感性的，只能他多一些理性。可人總是這樣，越不應該做什麼卻越往那方面想。

程綠負氣去外地上高中，他壓抑了很久最終還是去找她，看到她沒什麼變化，除了變得更美，對此他感到欣慰。心裡盼望著她能找到一個更優秀的男生，至少比他更配得上她，但同時，又怕她真的對他毫無留戀。

「那個女生只是一起實習的同事，和我沒有任何曖昧關係。」他解釋。

和那女生提起程綠，每每都帶著笑容，女生還打趣過，改天一定要見見這位傳說中的小女孩。

「我知道妳誤會了，可是我不敢解釋，我想這樣也好，妳對我死心了，就可以去愛別人了。」

那段時間他真的很矛盾，明明很想要，卻不敢伸手去抓。

現在想想都覺得自慚形穢，他一個男人，卻沒有程綠那種孤注一擲的勇氣。可能年紀越大，做事反而更加畏首畏尾，思慮甚多。

去法國的時候他就想，去個幾年，不見她了，或許那種病態的喜歡就會消失了。

可事實證明並沒有。

他進修回來，電視臺給的福利更好了，職位也高，薪水和待遇都是最優渥的。但他想都沒想就拒絕了。因為比起工作，某個地方還有他更想爭取的東西。

三年的失聯，他覺得已經足夠折磨，只是再度面對她，他卻已經不確定那份感情還在不在。

從小到大他都是極度自信的，唯獨面對她的時候。他總會怕未來有一天，當她看過世間百態，終於意識到他並不是她的良人，她也終於意識到兩個人的生活差距、年齡差距，根本就是無法抗拒的隔閡時，怕她會後悔。

他真正恐懼的，是有一天她會否定這一段感情。

他不是沒猶豫過，不是沒糾結過，可當愛大於這一切的時候，就什麼都可以不顧了。

謝慕堯說了很多，這還是程綠第一次聽到他那麼毫不保留的坦白自己的心情。一時間，她也不知道該說些什麼。

眼前恰好走過一對情侶，手挽著手，很親密的樣子。

程綠看著他們，嘴角不自覺的上揚。以前暗戀他的時候，很多次幻想過他們將來在一起，甚至結婚後的情景——謝慕堯脾氣很好，幾乎不發火，而她有時候很倔，性格正好互補……

總之，她做了好多有關他的夢。

只是現在，夢醒了。

第四章

程綠像是想到什麼，手心緊緊攥住，轉頭看向身邊的男人，抿脣。像是下了什麼決定，她深呼吸，忽然跨過手排檔，叉開腿，一下子跨坐在謝慕堯的身上。謝慕堯大驚，剛要說什麼，程綠就吻了下來。

那麼生澀、那麼稚嫩得讓人心疼的親吻。

她身上還帶著沐浴後的清香，短短的瀏海騷動著他的眼睫，拂啊拂的。她閉著眼睛，像是膽小鬼，可眼下卻做著最大膽的舉動。

謝慕堯給了她三秒鐘退縮的時間，可她還執拗的用脣貼著他的脣。

再也沒辦法克制了。他雙手捧著她微涼的小臉，撬開她的雙唇，舌尖輕輕探入，加深了這個吻。

一如想像中的甜美，甚至，還要軟……就像一顆軟糖，軟糯糯的超級好捏，可一咬開，裡面甜甜的蜜汁幾乎融化了他的心。

車裡的空氣越發的稀薄，謝慕堯已經察覺到自己下腹處的緊繃。她主動的迎合著自己，直到胸腔裡的空氣不夠供給，輕輕推他，示意趕快結束。吻不夠啊吻不夠，可他還是放開了手。

她喘了幾下，待空氣回歸，垂眸望著他，還很惡劣的用舌尖舔舔自己被吮腫的脣。

「很久之前就想這麼做了啊……」她似是回味。

謝慕堯想笑，覺得自己被她迷惑得已經神志不清。以前怎麼就不知道她這麼可口呢？

可能是他壓抑得太久了，一下子嚐到甜頭，還有一種如夢似幻的不真實感。

但，他又不敢輕舉妄動，怕是褻瀆。

程綠又如剛才一樣，毫無預警的從他身上下來，坐回到旁邊的位子上。沉澱了一會兒情緒，她才說：「之前暗戀你的時候，從沒想真的會有什麼結果，後來那種感情越來越濃烈，貪求的也就多了起來，想和你在一起。到後來，知道我們不可能了，就真的心死了，可能在潛意識中也存在著這一種結局吧。這三年，我過得還不錯，偶爾還會想起你，但沒那麼頻繁，也沒那麼心痛了。」

她苦笑了一下：「我真的挺有信心的，再過兩年，就會徹底忘了你，重新開始一段新感情，只是不會再那麼義無反顧的去愛一個人了。」

謝慕堯心中一緊：「小綠……」

她看過來，眼角眉梢掛著無奈，說：「可你現在這樣又算什麼呢？現在跑來跟我說，其實你很早之前也喜歡上我了，究竟是想要我怎樣的回應呢？哭著笑著撲到你懷裡，感天謝地的感激有生之年你還能醒悟？那麼我這麼多年的辛酸和煎熬，都白白受了嗎？」

「就好像我的喜歡不重要，你的喜歡才重要。你回頭了，我就一定要捧著你這顆心嗎？那我的心呢，誰在乎了？」

「我在乎。」已經意識到她話中另一層含意，謝慕堯有些焦躁。

程綠卻搖搖頭，「謝慕堯，就算你想通了、醒悟了，可你之前一直擔心的問題並不會因此消失。我們之間的八年還存在，你的顧慮和擔心，還是會有可能發生。所以，你又何苦回來找我？」

沉默在蔓延。

她閉了閉眼睛，「最重要的是，我不甘心啊……從十四歲到現在，七年的暗戀，沒人能想像到我有多苦，你也不能。當年，你喜歡我了，可你最終的選擇還是離開，浪費了我們之間那麼多的時間，也浪費掉了……我所有的熱情和期望。」

「套用一句很俗氣的話，你當年要我離開，現在你又叫我回來。對不起，謝慕堯，我滾遠了。」

坦白說，謝慕堯沒想到她給的會是這樣的答案。

他想過她會怨、會恨，哪怕又怨又恨，也比現在這樣淡漠而又冷靜的拒絕他要好。

七年。由此可以看出程綠是一個多麼倔強的人。她認定的，誰也改變不了。所以，時至今日，是她為這段感情判了死刑。

謝慕堯說不出話來，因為覺得太愧疚了。她說的都對，當初他已經單方面做出了選擇，就不該盼著今天她能歡天喜地的接受他。

空白的那幾年，她肯定傷心過、心痛過，可他都不在身邊。而這傷、這痛，還都是他給予的。所以，憑什麼他的一句「我也喜歡妳」，就能換來她的真心相待？

浪子回頭金不換，但也要在乎浪子的那人還在才有得換。

程綠覺得有些累了，閉眼靠在椅背上說：「送我回去吧，行嗎？」

柔軟下來的聲音，帶著不知名的悲傷和心灰意冷。

謝慕堯不知該怎麼做，只能放她回去休息，怕自己再折磨了她。

回去的路上他一直沉默，程綠閉著眼睛，腦子裡卻走馬觀花似的閃過好多畫面。

他近來的示好，她不是看不出來，只是也犯了他當年的毛病——迴避。

她已經愛怕了，那種若即若離的親近其實最傷人。愛就大聲說，不愛就躲開，那麼簡單的事情，卻總是要搞得兩敗俱傷。

謝慕堯是那種很Nice的人，她一直都知道，所以也不確定他的喜歡真的是否和愛情有關。而且，知道他很早開始也對自己有感覺，反而覺得挺可笑的。

如果他早一點坦承，她用得著受這麼多委屈嗎？

車子緩緩停了下來，程綠要下車，聽到他說：「小綠，我不會再喜歡別人了。妳等了我七年，那現在開始，換我守護妳一輩子。」

她沒回頭，沒應答，安靜的走開了。

謝慕堯在車裡獨坐了好久。有了決定，心，反而平靜了。

★　★※★※★※★　★

程綠這幾天都有點無精打采的，程媽媽不知道怎麼回事，但也不願看女兒強顏歡笑的樣子。馬上要到程綠的生日，程媽媽問她想要什麼，程綠反而搖頭，說什麼都不需要。

不久之後，國中的那些老同學又打來電話，從去年開始，就約定了一年一度的同學會。程媽媽覺得程綠回去散散心也挺好，見到以前的小夥伴說不定心情就能變開朗了。

於是，三天後，程綠帶著一個行李箱出現在火車站。

普通車還是老樣子，搖搖晃晃像是隨時要報廢一樣。程綠暗暗嘆氣，明明發誓不坐這班車了，可總逃不過命運的安排。

依然是四個小時的車程，受刑一樣，程綠下車的時候只覺得雙腳都輕飄飄的，跟踩著五彩祥雲似的，沒想到自己竟有機會也做了回活神仙。

和老同學約定見面的日子，恰好是程綠生日的前一天，大家都鬧得很歡，為了慶祝她又老了一歲，還相約去了ＫＴＶ唱通宵。不過程綠沒那體力，她不到十二點就累翻了，還被灌了不少的酒。

結束後，兩個女生送程綠回旅館，三個人從下了計程車就開始瘋鬧，一路上吸引了無數目光。可喝醉的人哪裡有理智可言呢？

最後，送走了小夥伴，程綠呈大字形躺在床上，望著天花板，有點暈。

一看到國中同學們，就想到自己年幼無知的那段歲月。當然，記憶中有太多某個人的影子，想抹都抹不去。

如果人的記憶也可以像電腦一樣被格式化，應該就會少掉許多煩惱。

程綠緩了一會兒，酒勁還沒消散，打算洗個澡好好睡一覺，沒想到這時候門鈴響了。她下意識看了一眼時間，馬上就要過十二點了，難道是同學們又折返回來，想給她一個生日驚喜？

她踩著虛浮的腳步去開門，但門外的人顯然比她還要狼狽。來人眼裡有紅紅的血絲，一身風塵僕僕的出現，連一向最引以為傲的俐落乾淨都在他身上找不到一絲一毫。

「你怎麼知道我在這裡？」驚訝的看著突然出現的謝慕堯，程綠不解。

站在門口的謝慕堯有些僵硬的笑了一下，手從背後拿出一個東西——被包裝得有些亂七八糟的小盒子。

「生日快樂，小綠。」

她看了他一會兒，才緩緩接過那禮物。包裝紙疊得不平整，能猜到出自誰的手。膠帶貼得有點多，她拆了好久。打開，盒子裡躺著一個錢包，粉紅色的，印著卡通圖案。

謝慕堯舔了舔乾澀的唇，有些抱歉的語氣，說：「對不起，我找了好久。可能距離太久了，怎麼都找不到一模一樣的。只能買一個差不多的送給妳，希望妳……不要嫌棄。」

程綠抬起頭凝望著他，說不清是什麼表情，謝慕堯開始緊張得手心都冒汗。

「妳……喜歡嗎？」很怕她搖頭拒絕掉，這種惶惶不安的心情，他終於能領會到當年她的感受。

程綠仍是不語。

謝慕堯的緊張漸漸被失落所覆蓋，還是被嫌棄了啊……

這種情緒沒有維持太久，程綠忽然一把將站在門外的男人拉進房間，砰的一聲合上大門。

謝慕堯在吃驚中被她撞到身後的房門上，背部一痛，緊跟著她柔軟的身軀覆了過來。

她踮起腳尖，有些凶狠的咬住他的下唇。

真是瘋狂的一夜。

第二天清晨，謝慕堯醒來，比往常獨自清醒的時間晚了一個小時。他睜開眼睛，緩了一會兒，身上那種疲憊卻很舒爽的感覺讓他回憶起昨晚發生的事。

程緣就像變了個人，不由分說的將他撲倒在門板上，開始吻他、脫他的衣服。動作找不到女孩子獨有的溫柔，甚至算得上粗魯，卻瞬間激起了他的火熱。

他一開始還有一絲理智的，想著她還沒有畢業，兩個人的關係也還沒定下來，於是想推開。但手毫無意識的落在她柔軟的胸口，聽到她在耳旁發出那種甜膩的聲音，很細微，卻已經讓他陷入了無法自拔的境地。

接下來的事情變得順理成章了，她是第一次，雖然主動，但關鍵時刻還有些茫然和膽怯。他始終控制住自己，在傷害減輕到最小的情況下要了她。

兩人糾纏到天都要露白，才分開彼此。

謝慕堯望著天花板，雙眼放空，腦子裡卻滿是昨晚激烈的畫面，一時間也無法從床上起身。可是，很快的，他又意識到另一個問題——

程緣呢？

摸了摸旁邊的位置，早就沒了溫度，地上散落著他的衣服，唯獨少了她的。心中頓時一冷，他想到第二天她一個人孤零零的離開，就緊張得呼吸都不順暢起來。他忙不迭的從床上起來，拾起地上的衣服慌亂套上，在一堆亂糟糟的床單中找到自己的手機，邊撥打她的電話邊往外走。

手機還沒接通，謝慕堯就愣了，因為此時，「事故」的女主角正在桌前吃著早餐。

下一秒，她放在手邊的手機響了起來，她低頭，看了一眼來電顯示，臉上有一瞬間的茫然，下意識就往臥室這邊看了過來。

對上謝慕堯的眼睛，程綠抿了抿脣，按掉錚錚作響的電話。

謝慕堯不著痕跡的鬆口氣，幸好，她沒走。

「怎麼起來也不叫我？」他走近，目光不由自主的打量她。

不知是不是心理作用，總覺得她有些變化，更亮眼、更嫵媚了，雖然還是俐落的短髮和簡潔的穿著，可眼睛越發明亮，小臉也煥發出一種難以言喻的光彩。

她的脣還有些腫，他站在那裡，居高臨下，輕易的透過領口看到她脖頸處一片片粉紅。

程綠沒理會他的話，反而問：「吃早餐嗎？」

他怔了下，點頭。

程綠得到他的應允，似要起身為他準備早餐，謝慕堯倏地想起什麼，輕輕按住她的肩膀制止，柔聲道：「妳身子不方便，我來吧，妳告訴我在哪。」

程綠看了他一眼，然後指向隱藏在牆壁的Mini Bar，裡面有牛奶和白麵包。

他嗯了一聲，走過去。用微波爐加熱麵包，可他的注意力卻一直都在她身上。只見程綠用手撕開麵包，很小口小口的往嘴裡送，好像也沒什麼胃口，牛奶喝了三分之一，許久都沒再動了。

他輕嘆一聲，又回到Mini Bar那裡，為她倒了一杯果汁，端給她。然後他拿著自己的果汁和麵包坐在她的對面，程綠說了句謝謝，就沒再說話了。

太安靜了，根本不像是男女親熱後第二天的常態。

「我想……」

他剛說兩個字，程綠就面無表情的將盤子一推，「我吃飽了。」

謝慕堯看著她起身，套上衣服，眉頭一緊，問：「妳去哪？」

「買點東西，你繼續吃，不用管我。」

他哪裡還有心情吃。

程綠在這裡生活了十幾年，對這邊的路況很熟悉，走出旅館後，就一直很有目標的朝著一個方向走。謝慕堯不知她在想什麼，也怕她會不耐煩，只能繼續不遠不近的跟著。

很快，程綠在一家藥妝店門前停了下來。

她病了？還是昨晚傷到她了？

擔心占據了所有情緒，謝慕堯趕緊走上前去。此時程綠已經買好要買的東西，出來時手裡還拿著一瓶水，應該也是在藥妝店裡買的。

「怎麼了？是不是不舒服了，昨天我……」

他緊張兮兮，程綠只是很冷靜的打開藥盒，拿出一粒東西。

他的聲音在看到藥盒上的名稱時停頓了一下，隨即紅了耳朵，是避孕藥……

看著她吞下藥片，喝水，他心裡有些不是滋味。

「對不起，是我太不注意了。」他為了一時歡愉，卻給她造成了麻煩，真的很抱歉。

程綠扯扯脣，「沒關係，昨晚是我主動，不怪你。」

她語氣很冷，甚至，一直都表現得很平靜。

謝慕堯有些慌亂，見她又要走，忙抓住她的手說：「小綠，不管妳同不同意，我都要負責。過幾天、不，等我們一回去，我就去見妳爸媽。」

她垂眸，不發一語，謝慕堯從沒覺得自己的口才這麼差。他是真的很想保護她、照顧她、愛她，是真的很想給這個倔強的女孩一個安穩的家。只是，他不知道該怎麼說。

半晌，她的脣動了動，謝慕堯的心也因此揪了起來。

「謝慕堯，你之前說要等我一輩子的話，還算數嗎？」

他重重點頭，表決心一般肯定道：「當然。」

她抬頭，問：「就算，我不能保證我們最後的結局是你想要的，你也會等我嗎？」

他聽不太懂。

程綠說：「你之前說，怕我會喜歡上別的男孩子，這種擔心在你內心深處其實還是存在的。只要你比我大一天，這件事永遠是你的一個『不安全點』。以前，我或許還有決心，但現在我已經不能再跟你保證什麼了。你已經錯過了那時候的我，只能勉強接受現在這一個我。可能有一天，我遇到一個和我更有話題聊的同齡男生，就真的會離開你。所以，即便這樣，你還想等我嗎？」

★　★※★※★※★　★

謝慕堯答應了一個不平等條約。

他和程綠還是朋友，只是比一般的朋友更親密一些。他們的關係不能讓外人知道，更不能告訴彼此的父母。而在程綠點頭答應和他在一起之前，他不能干涉她交友的權利，不能窺探她的隱私，有許多的「不能」。

雖然不甘不願，可除此之外已經沒有別的退路可走，所以他還能如何呢？難道眼睜睜的看著自己失去她，連最後的一個渺茫的機會都不給自己嗎？

在學校的時候，謝慕堯還稍稍安心一些，無論怎樣，她還是學生，而他又是老師，可以隨時掌控她的行蹤。但一想到她馬上要畢業了，即將步入社會，那種惶然不安的心情整天占據他的心。

畢業考的最後一門考試，謝慕堯推掉了監考工作，他知道她在哪間教室，在快結束時敲了敲門，進去了。兩位監考老師見到他有點驚訝，但一想到程綠在這間考場，三人秘而不宣的笑了一下。

謝慕堯走到她的桌前，程綠似有感應，抬起頭，看到是他時微怔，隨後笑了一下。

他回以一笑，無聲的說「加油」。

她點點頭。

程綠第一個交了卷子，走出教室，安靜的樓道裡，謝慕堯倚牆而立。

她心情很好，走過去挽住他的手臂，「謝老師，恭喜我吧，我終於自由了。」

他只是笑笑，輕聲說：「恭喜。」

畢業班的謝師宴，是他送程綠去的，因為不能對外公開他們的關係，所以沒有以家屬的身分跟她一起進去餐廳。

程綠讓他先回去，可最終謝慕堯還是將車停在路邊，一直等她。

十一點多的時候，餐廳大門口陸陸續續走出好多人，程綠一頭短髮很是惹眼，一個男人靠在她身旁和她咬耳朵，不知說了什麼，惹得她大笑，前仰後合。

她就從沒有在自己面前這樣笑過，謝慕堯眼光黯然。

同學都去招計程車了，謝慕堯知道她沒看到自己，於是按了幾下喇叭。

一行人都看了過來，包括程綠，見他似是沒有離開過的樣子，有點驚奇。向同學們道別後，程綠小跑到車邊，打開車門，坐上副駕駛座，問：「你不會一直都在這裡沒走吧？」

謝慕堯不答，目光還停在前方那男學生的身上，想問他是誰，卻沒資格。畢竟，他是她的誰呢？

這一年，謝慕堯徹底的體會到了程綠那幾年的心情。

明明最愛的人就在眼前，可偏偏，就是不能靠近。

之後，程綠在電視臺找了一個幕後製片的工作，經常要做訪談，謝慕堯更不安了。電視臺裡的工作人員一個比一個優秀，更因為工作的關係，程綠還會經常接觸一些年輕權貴或者優秀的精英。

偶爾他到電視臺接她，同事們看到他就會問這是誰，通常程綠只會笑著說：「我哥，帥吧？」同事們星星眼，點頭讚道：「帥死了！」

程綠就會很自豪的仰起頭笑道：「快擦擦口水吧，等過段時間有空了，我把我哥介紹給妳。」她說這話時他就在一邊，暗暗咬碎了一口牙。

程綠有時候會來鼎盛世家和他一起過夜，兩、三年都是這樣，可父母那邊瞞得很好，不知道她是怎麼做到的。

她工作穩定了，人也越來越幹練成熟，聽說追她的人很多，謝慕堯危機意識一直都很強烈。可他千防萬防，卻架不住內部突擊。

程媽媽怕女兒再大了嫁不出去，拚命的介紹男孩子給她，程綠也不拒絕，每一頓相親飯都到場，卻不見她對哪位上過心。

只是，現在沒出現她喜歡的，不代表永遠不會出現。

此時此刻，謝慕堯就眼睜睜的看著她坐在梳妝臺前，為下一場約會描眉畫眼。

他走過去，聲音強作平靜：「今天又要見哪家的高層了？」

她正塗著唇膏，分心瞥過來一眼，說：「就上次那個公務員，你不是見過照片？」

謝慕堯想起來了，程媽媽發男方照片給程綠的時候，他看了一眼。

二十歲出頭，某某國營企業的小組長，長相屬於娃娃臉、看起來年紀很年輕的那一種，雖然不想承認，但的確是時下小女生會喜歡的那一款。

謝慕堯皺眉，今天是她和那個小公務員第二次約會了，是之前從沒有過的情況。

他氣呼呼的坐在她身後的床上，問：「怎麼，這次看上眼了？」

她聳肩，好像沒發現他在生悶氣，說：「我覺得挺好的，和我年齡相當，也比較聊得來。你知道我媽，成天嘮叨著要我成家，我現在也覺得有好的，可以試試看，千萬不能錯過了。」

謝慕堯雙拳緊握，氣得發抖。

「妳眼前不是有一個更好的，怎麼不跟我試試看？」

程綠化完妝了，轉過頭看了他一會兒，嚴肅的說：「謝慕堯，我以前可是等了你七年，難道現在才不到三年你就受不了了？你不想等就算了，我也不勉強你。」

說完，她起身拿了包包就要走。

謝慕堯心裡咯登一下，每次她一說這些，就跟放大招一樣，讓他屢屢敗下陣來。

趕忙起身抓住她，她回頭挑眉看他，謝慕堯沉著聲音說：「我沒想放棄，我說過什麼，都是真的下了決心的。」

她掀掀脣，拍拍他的臉頰，「好了，我知道了。晚上我會回來過夜的，等我電話。」

看她踩著高跟鞋瀟灑的離開，謝慕堯頹然的坐到床上，苦笑。

果然，因果輪迴，報應不爽。

和公務員約會回來，程綠一踏進家門，就被客廳裡用蠟燭擺成的心形造型嚇到了。

程綠挑眉，這難道是開始攻心了？

晚上和謝慕堯的親密關係很愉快，也很默契，男人格外賣力，程綠沒做他想，只是心裡叨咕著男人這兩年的技巧真是大有進步，她都快招架不來了。

★　★※★※★※★　★

過了快一個月，程綠回家吃飯，程媽媽做了她愛吃的紅燒肉，只是她一看到那黏膩膩的東西就沒胃口。

程媽媽還沒察覺，一個勁的往她碗裡夾，程綠終於忍不住，在餐桌邊就……吐了。

謝慕堯接到程媽媽的電話，著急的趕往醫院，遠遠的就看到程綠坐在椅子上，程爸爸站在對面，程媽媽則輕聲和她說些什麼。

見到他來，程媽媽一皺眉，原本打算數落他一頓的，可一見謝慕堯臉色不好，可見是被程綠嚇的，也不忍心了。

程家二老先離開了，留下程綠和謝慕堯兩個人。

他坐在她身邊，問：「身體怎麼了，怎麼跑醫院來了？」

程綠聞聲看過來，眼神惡狠狠的，「你還說！都是你做的好事！」

謝慕堯起先沒明白，後來看她表情才一點點的撥開雲霧，臉上驚喜掩蓋不住：「妳懷孕了？！」

程綠一聽這個詞，氣不打一處來，起身就要走。她剛走一步，忽然被人從身後攔腰抱了起來，她大驚。

「穿著高跟鞋，還想去哪？小心拐到腳動了胎氣。」他已經開始小心翼翼了，一邊抱著她一邊往外走，「醫生開藥給妳沒？定好哪天去產檢了嗎？過幾天我就跟學校請假，在家裡陪著妳。妳太毛躁，做事又大大咧咧的，得有個人二十四小時照顧妳。還有……」

一路上謝慕堯說了很多，程綠氣著氣著，竟也被他氣樂了。

自從第一次之後，謝慕堯就一直很注意，從沒讓她再吃過那些藥。

程綠原本還以為這個法國畢業的高材生會用什麼高招把自己追回去，誰想得到他竟然也用了最俗氣的「奉子成婚」。

可見這人智商很高，情商卻不怎麼樣。

知道程綠懷孕，最高興的除了謝慕堯，就是謝母了。盼兒子結婚儘快抱上孫子，盼到最後她也沒力氣提這件事了，誰知道原本絕望著呢，就傳來喜訊，簡直太開心了有木有！

謝母列了一堆注意事項，都是給謝慕堯看的，A4尺寸，足足十六張。而謝慕堯竟然一一背了下來，一提起這事，程媽媽都能笑出眼淚來。

不過，謝慕堯偷偷讓她懷孕的這件事做得不厚道，所以事事都順著她。

中午她說約了朋友喝茶，本不想讓她去的，可這些日子的確悶壞她了，謝慕堯只好同意。

咖啡廳裡，程綠對面坐著那位娃娃臉公務員，總是忍不住偷瞧程綠微微凸起的肚子。

程綠不是沒察覺，後來煩了，乾脆瞪一眼過去，說：「沒見過懷孕的啊？有本事看你老婆去，總盯著我看什麼！」

小公務員笑了一聲：「真沒想到啊，謝慕堯這招簡直太絕了，把妳治得服服貼貼。」

程綠懶得理他了。

其實這位小公務員就是她那位過早夭折的初戀，去年一畢業就跟她室友結婚了。婚禮程綠沒讓謝慕堯去，所以他根本就不知道這位公務員還是有婦之夫。

程綠也算趕鴨子上架，沒心情籌備婚禮的事，和兩家商量過，決定先和謝慕堯去登記。

雖說女方懷了孩子，怎麼說都成了被動的一方，可謝慕堯禮數周全，用最好的聘禮迎娶她，一點委屈也不肯讓她受。

程媽媽因此也很滿意這個女婿。

登記那天，程綠還是頭幾個月，所以洞房花燭夜什麼的，根本別想。

但謝慕堯還是很開心啊！躺在床上，止不住的樂，程綠還以為他吃了什麼不乾淨的東西，跟瘋了一樣。

他忽然拉住她的手，放在自己的身上，「小綠，算一下，我們都認識十年了。當初認識妳的時候妳才十四、五歲，當時我們肯定都沒想到，十年後，我們會結婚。」

程綠轉頭看他，眼底隱匿了笑意。

是啊，怎麼都沒想到。現在回憶起來，那七年真的過得太不順心了，都是被這個男人所折磨的。不過，她也真的沒辦法放開這個人，繞來繞去，最後還是落在他手上了。

「謝慕堯。」

「嗯？」

「你看，我現在也上班了，見識了形形色色的人。最近相親也遇到了不少好男人，可最後覺得他們和你比起來，都還差了點。所以，我這輩子嫁給你，倒也不算吃虧，是不是？」

他聽懂她的意思了。

沒什麼好擔心的了，她該見識的也都見識過了，該遇到的也都遇到過了，可最後還是喜歡他。

他俯身過來，牢牢的抱住她。

這幾年，她明著是在折磨他，可實際上卻是讓他安心。他怎麼就不知道她原來是這麼精明的人呢？真是一舉兩得啊！

他親親她的額頭，程綠也抱住他的腰，在他胸前蹭了蹭。

「妳啊，是我這一輩子，唯一的不理智。」他感嘆。

程綠笑了。

《番外　屬於蘋果綠的酸甜滋味》完

《我的聲優王子~Love恋~》全套兩集，全國各大書店、租書店、網路書店強力熱賣中！

飛小說系列121

我的聲優王子～Love恋～02（完）

出版者■典藏閣
作　者■墨子都　　繪　者■jond-D
總編輯■歐綾纖　　企劃主編■PanPan
製作團隊■不思議工作室
郵撥帳號■50017206 采舍國際有限公司（郵撥購買，請另付一成郵資）
台灣出版中心■新北市中和區中山路2段366巷10號10樓
電　話■(02)2248-7896　　傳　真■(02)2248-7758
物流中心■新北市中和區中山路2段366巷10號3樓
電　話■(02)8245-8786　　傳　真■(02)8245-8718
ISBN■978-986-271-587-1
出版日期■2019年1月八刷
全球華文國際市場總代理／采舍國際
地　址■新北市中和區中山路2段366巷10號3樓
電　話■(02)8245-8786　　傳　真■(02)8245-8718
新絲路網路書店
地　址■新北市中和區中山路2段366巷10號10樓
網　址■www.silkbook.com
電　話■(02)8245-9896
傳　真■(02)8245-8819

線上總代理：全球華文聯合出版平台
主題討論區：http://www.silkbook.com/bookclub　◎新絲路讀書會
紙本書平台：http://www.silkbook.com　◎新絲路網路書店
瀏覽電子書：http://www.book4u.com.tw　◎華文電子書中心
電子書下載：http://www.book4u.com.tw　◎電子書中心（Acrobat Reader）

☞您在什麼地方購買本書？☜

1. 便利商店（＿＿＿＿市／縣）：☐7-11　☐全家　☐萊爾富　☐其他＿＿＿＿＿＿

2. 網路書店：☐新絲路　☐博客來　☐金石堂　☐其他＿＿＿＿＿

3. 書店（＿＿＿＿市／縣）：☐金石堂　☐誠品　☐安利美特animate　☐其他＿＿＿＿

姓名：＿＿＿＿＿地址：＿＿＿＿＿＿＿＿＿＿＿＿＿＿＿＿＿＿＿＿

聯絡電話：＿＿＿＿＿＿＿　電子郵箱：＿＿＿＿＿＿＿＿＿＿＿＿＿＿

您的性別：☐男　☐女　　您的生日：西元＿＿＿＿＿年＿＿＿＿＿月＿＿＿＿＿日

（請務必填妥基本資料，以利贈品寄送）

您的職業：☐上班族　☐學生　☐服務業　☐軍警公教　☐資訊業　☐娛樂相關產業

☐自由業　☐其他＿＿＿＿＿

您的學歷：☐高中（含高中以下）　☐專科、大學　☐研究所以上

☞購買前☜

您從何處得知本書：☐逛書店　☐網路廣告（網站：＿＿＿＿＿＿）　☐親友介紹

（可複選）　☐出版書訊　☐銷售人員推薦　☐其他＿＿＿＿＿＿＿＿＿

本書吸引您的原因：☐書名很好　☐封面精美　☐書腰文字　☐封底文字　☐欣賞作家

（可複選）　☐喜歡畫家　☐價格合理　☐題材有趣　☐廣告印象深刻

☐其他＿＿＿＿＿＿＿＿＿

☞購買後☜

您滿意的部份：☐書名　☐封面　☐故事內容　☐版面編排　☐價格　☐贈品

（可複選）　☐其他

不滿意的部份：☐書名　☐封面　☐故事內容　☐版面編排　☐價格　☐贈品

（可複選）　☐其他

您對本書以及典藏閣的建議＿＿＿＿＿＿＿＿＿＿＿＿＿＿＿＿＿＿＿＿＿

＿＿＿＿＿＿＿＿＿＿＿＿＿＿＿＿＿＿＿＿＿＿＿＿＿＿＿＿＿＿＿＿

＿＿＿＿＿＿＿＿＿＿＿＿＿＿＿＿＿＿＿＿＿＿＿＿＿＿＿＿＿＿＿＿

✌未來您是否願意收到相關書訊？☐是　☐否

✍感謝您寶貴的意見✍

印刷品

$3.5
請貼
3.5元
郵票
不思議信箱
FUSIGI POST

235 新北市中和區中山路二段366巷10號10樓

華文網出版集團　收

（典藏閣－不思議工作室）